Markus Michel
Grenzfluss, September

Markus Michel

Grenzfluss, September

Roman

Impressum

© 2024 Edition Königstuhl, St. Gallenkappel

Alle Rechte vorbehalten.

Kein Teil dieses Buches darf ohne schriftliche Genehmigung des Verlags reproduziert werden, insbesondere nicht als Nachdruck in Zeitschriften oder Zeitungen, im öffentlichen Vortrag, für Verfilmungen oder Dramatisierungen, als Übertragung durch Rundfunk oder Fernsehen oder in anderen elektronischen Formaten. Dies gilt auch für einzelne Bilder oder Textteile.

Umschlagbild:	Huguette Chauveau
Autorenfoto Umschlag:	Sebastian Michel
Gestaltung und Satz:	Stephan Cuber, diaphan gestaltung, Bern
Lektorat:	Manu Gehriger
Druck und Einband:	CPI books GmbH, Ulm
Verwendete Schriften:	Adobe Garamond Pro, Akrobat

ISBN 978-3-907339-82-4

Printed in Germany

www.editionkoenigstuhl.com

Für Huguette

Autor und Verlag danken den nachfolgenden Bernischen Institutionen herzlich für Ihre geschätzte Unterstützung dieses Buches

1

Sie stehen auf einem Felsvorsprung im Jura. An der Grenze. Max und Michael, sein erwachsener Sohn, Eliane und Gérard, langjährige Freunde. Tief unten, ungefähr dreihundert Meter unter ihnen, der Doubs, gestaut zu einem schmalen See. Vor ihnen, vor dem Abgrund, ein rostiges Geländer.

Gegenüber liegt Frankreich. Felsen, Tannen, Weiden. Ein paar Häuser. Ein Sträßchen schlängelt sich den steilen Hang hinauf.

Der Blick reicht bis zu weit entfernten Höhenzügen der Franche-Comté, der französischen Freigrafschaft. Die Abendsonne scheint schräg durch einen Wolkenschleier.

Max schaut die Felswand hinunter, fragt sich, auf welcher Seite des Felsvorsprungs es am günstigsten sei.

Er öffnet den Rucksack, nimmt die Urne heraus. Mit einem Vierkantschlüssel löst er die Schrauben, hebt den Deckel ab.

Er tritt mit der Urne seitlich der Schranke an den Rand des Felsvorsprungs neben den Wipfel eines Bäumchens, das sich etwas tiefer an die Felswand klammert. Gérard will Max zur Sicherung die Hand reichen, dieser schüttelt den Kopf. Er lässt aus der Urne die Asche hinunter rieseln. Ein Windstoß wirbelt sie wieder hoch.

«Als möchte Anna noch einen Augenblick bei uns bleiben», sagt Eliane.

Die Blätter und Zweige des Bäumchens sind grau von der Asche.

Später wird Max mit dem Zug beim Güterbahnhof wieder an den zwei Schornsteinen des Krematoriums vorbeifahren. Am Vormittag hatte er dort mit dem Fahrrad Annas Urne abgeholt. Auf seine Frage, wie man den Deckel der Kupferurne abheben könne, hatte ihn die Krematoriumsbeamtin erst groß angeschaut, als hätte er eine Ungeheuerlichkeit geäußert. Er bekam dann doch zur Antwort, der Deckel sei auf zwei Seiten verschraubt, die Schrauben ließen sich mit einem Vierkantschlüssel lösen. Immer noch ein Vorwurf in ihrer Stimme. Aus einem Lautsprecher tönte Orgelmusik von der Kapelle nebenan. Ein Pfarrer, der auf seinen Einsatz wartete, nahm seinen Schwatz mit der Krematoriumsbeamtin erneut auf.

Max wird am Abend beim Güterbahnhof wieder an den zwei Schornsteinen des Krematoriums vorbeifahren, jetzt die leere Urne im Rucksack. Weiter hinten der hohe Schornstein der Kehrichtverbrennungsanlage und das Bettenhochhaus des «Inselspitals», der Berner Universitätsklinik, wo Anna vor elf Monaten operiert worden war. Etwas später wird der Zug im Hauptbahnhof einfahren.

Vor einem Jahr hatten Anna und er hier, zurück aus den Ferien in Südfrankreich, ihre Fahrräder ausgeladen. Vor einem Jahr noch war ihre Welt in Ordnung, wenn auch dunkle Wolken am Himmel aufzogen. Kein Gedanke an diese letzte Reise.

Max, allein zu Hause, wird in allen Zimmern das Licht anknipsen. Er wird das Radio einschalten, den klassischen Musiksender, um auch die Stille zu verscheuchen. Oder wenigstens zurückzudrängen. Er wird die leere Urne auf den Tisch im Wohnzimmer stellen und am nächsten Tag in den kleinen Vorgarten, im Frühjahr wird er Margeriten einpflanzen.

Aber noch steht Max auf dem Felsvorsprung. Der Sommer hat sich eben erst verabschiedet. Und die Abendsonne scheint schräg durch einen Wolkenschleier. Max sucht auf dem Boden nach Steinen, packt sie in den Rucksack. Als Andenken an Anna.

2

Max stapft durch den Schnee, auf dem Weg zu Anna. Es ist Frühling, doch hier oben liegt immer noch Schnee. Vor noch nicht langer Zeit hatte auch zu Hause im Vorgarten eine weiße Haube das gefrorene Wasser in der Urne zugedeckt. Hier oben im Jura ist der Schnee liegen geblieben und höher, als Max erwartet hat. Doch durch die Erwärmung ist die Decke weich geworden. Obwohl Max so gut wie möglich in die Fußstapfen vor ihm tritt, sinkt er immer wieder ein. Auf dem Weg zu Anna, zu der er doch nie mehr gelangen wird. Und trotzdem auf dem Weg. Zu Anna, die ihr Grab in den Lüften hat. Im Wind.

Der Rollstuhl steht zusammengeklappt im Wohnzimmer an der Wand. Max sitzt auf dem Sofa, betrachtet mit gemischten Gefühlen dieses Möbel. Ein Monstrum. Anna schläft nebenan. Max betrachtet den zusammengeklappten Rollstuhl. Wie einen Feind.

Vor wenigen Monaten erst fuhren sie mit dem Rad über die Hügel und Berge der Provence. Einige recht anspruchsvolle Aufstiege. Für Anna kein Problem. Sie schien glücklich und voll zufrieden mit ihrem neuen Fahrrad. Nur fuhr sie plötzlich ziemlich unvorsichtig und die Berge hinunter, so schnell wie noch nie, sie, die früher immer sehr vorsichtig gewesen war.

Während der Fahrt, wenn die Gedanken schweifen, macht sich Max auch anderweitig Sorgen. Was ist bloß mit Anna los? Zu Hause hatte sie laufend etwas verlegt, irgendwelche Gegenstände, aber auch Ausweise und Kreditkarten, die sie nicht mehr fand und die Max erst nach langem Suchen an einem völlig unpassenden Ort aufstöberte. Wenn sie etwas suchte, drehte sie oft buchstäblich im Kreis.

Auch jetzt, unterwegs, muss Max in den Hotelzimmern darauf achten, dass nichts liegen bleibt. Eines Morgens sagt Anna zu ihm, sie wisse nicht, was mit ihr los sei, aber sie sei krank. Und seltsamerweise beruhigt dies Max. Er macht ihr keine Vorwürfe mehr, fängt an, zu ihr zu schauen wie zu einem kleinen Kind. Oder eben zu einer Kranken, die ja nichts dafür kann. Zwar denkt er, o Gott, werde ich sie in einer psychiatrischen Klinik besuchen müssen! Zu Anna aber sagt er, eine psychische Krankheit sei eine Krankheit wie eine andere auch, da müsse man sich überhaupt nicht schämen, das müsse man auch gegenüber niemandem verheimlichen. Sobald sie wieder zu Hause seien, müsse sie jedenfalls sofort zum Arzt. Und Max ist froh, dass ihre Radtour sie in keine größere Stadt führt, das wäre ihm momentan mit Anna viel zu gefährlich. Insgeheim hofft er, es ließe sich alles mit ein paar Pillen und vielleicht ein paar Sitzungen bei einem Psychiater wieder einrenken.

Psychische Erkrankung? Ja. Das ist es, was Max gedacht hat, und auch Anna hat es gedacht. Gleichzeitig beschlich Max eine dunkle Ahnung, das Vorgefühl eines Unheils, ein Vorgefühl, das er aber nicht zulassen wollte, versuchte, nicht zuzulassen.

Sie sitzen auf der Straßenterrasse eines Cafés in Saint Maximin-la-Sainte-Baume. Bereits ein paar hundert Kilometer mit dem Fahrrad hinter sich. Es ist Anfang September. Doch hier in Südfrankreich ist es immer noch sehr heiß. In der Ferne schwarze Wolken am Himmel. Es ist aber kein Unwetter im Anzug. Der Wald brennt. Brandstiftung, wie sich herausstellt. In der Provence herrscht seit Monaten Trockenheit, da brennt der Wald wie Zunder.

Laufend rasen heulend Feuerwehrautos durch das Städtchen, einzeln und im Konvoi. Den Aufschriften entnimmt Max, dass sie aus mehreren Städten zu Hilfe eilen.

Dunkle Wolken am Himmel, auch die nächsten Tage. Weitere Waldbrände, wie Max am Abend jeweils aus den Regionalnachrichten im Fernsehen und aus den Regionalzeitungen vernimmt. Hinter ihnen wird Straße um Straße über die bewaldeten Hügel und Berge gesperrt, Max und Anna sind gerade noch rechtzeitig durchgekommen. Die dunklen Wolken werden sie bis zum Schluss begleiten. Dunkel, Unheil drohend.

Ihre letzten gemeinsamen Ferien, was sie noch nicht wussten, nicht mal ahnten.

Zusammengeklappt. An der Wand. Der Rollstuhl. Ein Feind.

Max liest in der Zeitung, dass ein einundachtzigjähriger Mann mit seiner Flinte auf die Helikopter der Feuerwehr schoss, weil sie ihm bei ihren Löscheinsätzen den Schlaf raubten. In unmittelbarer Nähe war auf dem Hügel ein Feuer ausgebrochen. Die Helikopter warfen im Tiefflug ihre Wasserladungen ab, um einem größeren Waldbrand zuvorzukommen. Für den aufgebrachten Rentner war dies überhaupt kein Grund, um ihn in seinem Mittagsschläfchen zu stören. Wutentbrannt feuerte er mehrere Schrotladungen auf die in der Luft rotierenden Störenfriede ab. Zum Glück wurde er von Anwohnern beobachtet, die sofort die Polizei alarmierten. Vergeblich versuchten die angerückten Beamten den jähzornigen Rentner, der sie mit wüsten Beschimpfungen empfing, zur Vernunft zu bringen. Nur mit Mühe überwältigten sie den alten Mann, der sich mit einem anderen Gewehr in seiner Küche verschanzt hatte.

3

«Hallo, hallo!», ruft Max und rüttelt am Gitter. Am Vormittag hatten sie ihre Kleider zum Waschen gebracht. Die Waschfrau war ausgesprochen freundlich, eine waschechte Giftnudel. Sie gab ihnen zu verstehen, dass sie auf Max und Anna als Kundschaft nicht angewiesen sei. Am Tag zuvor waren sie auf der kleinen Insel Porquerolle angekommen. Die Fahrradtaschen nach der zehntägigen Fahrt durch die Provence voller schmutziger Wäsche. Immerhin versprach die Waschfrau, dass sie die saubere Wäsche am Abend abholen könnten. Jetzt ist das Gitter vor der Ladentür heruntergezogen. Ein kühler Wind ist aufgekommen. Anna und Max haben nur noch die Kleider, die sie auf dem Leibe tragen: Hose und T-Shirt. Auch die Jacken haben sie zum Waschen gebracht.

Max rüttelt erneut am Gitter. Vergebliche Müh. Das weiß er selbst. Nicht umsonst schneidet er ein Gesicht, als ob er Essig getrunken hätte, wie Anna leicht spöttisch vermerkt.

Die Inhaberin vom Geschäft nebenan, an die sie sich schließlich wenden, sagt ihnen, die Waschfrau sei wahrscheinlich irgendwo im Dorf und füttere die Katzen. Sie füttere alle Katzen des Dorfes. Falls sie sie nicht fänden, sollten sie später wieder kommen. Die Waschfrau schlafe über ihrem Laden.

Und manchmal lasse sie die Waschmaschine noch um Mitternacht laufen.

Sie kurven mit ihren Fahrrädern durch alle Dorfstraßen. Keine Spur von einer Waschfrau. Und was jetzt?

Nach dem Abendessen geht Max noch zwei Mal beim Laden vorbei und brüllt sich die Lungen aus dem Leib. Es ist für die Katz. Wenigstens hält das Brüllen ihn warm.

Am andern Morgen hängt ein Zettel an der Ladentür. Sie, die Waschfrau, sei mit einer kranken Katze zum Tierarzt auf dem Festland gefahren. Sie könnten die Wäsche im Café Neptun abholen.

Die Wege im Innern der Insel sind gesperrt. Waldbrandgefahr, so lange der Mistral weht. Dunkle Wolken. Auf dem Festland brennt der Wald.

Sie sitzen in der Küche der kleinen Ferienwohnung, die sie für eine Woche auf der Insel gemietet haben. Max schaltet das Radio ein. Auf allen Sendern wird nur gequasselt, selbst auf France Musique.

Plötzlich stutzt Max, hört zu. In New York sind zwei Passagierflugzeuge in die Türme des World Trade Center gerast. Das totale Chaos. Die Nachrichten jagen sich.

Am folgenden Tag will Anna, die nur sehr wenig Französisch versteht, eine deutsche Zeitung kaufen. Doch bei der einzigen Zeitungsverkaufsstelle der Insel sind bereits alle deutschen Zeitungen ausverkauft.

Am nächsten Morgen heißt es, das Schiff mit den Zeitungen sei noch nicht angekommen. Und eine halbe Stunde später, als Max nochmals nachfragt, sind bereits wieder alle deutschen Zeitungen ausverkauft. Er übersetzt Anna das Wichtigste aus einer französischen Zeitung.

Am Morgen des 11. Septembers wurden in den USA vier Passagierjets entführt, zwei wurden in die Türme des World Trade Center und einer in das Pentagon gesteuert. Die zwei Türme des WTC stürzten ein bis zwei Stunden nach den Kollisionen in sich zusammen. Das vierte entführte Flugzeug stürzte in der Nähe von Pittsburgh in ein Feld, bevor es sein – noch immer unbekanntes – Ziel erreichen konnte.

Der Mistral hat nachgelassen, die Wege im Innern der Insel werden endlich freigegeben. Auf einem Pfad mitten im Dickicht versteht Max, wieso die Wege gesperrt worden waren. Flucht und Rettung wären bei einem Brand unmöglich.

Während an der Nordküste von Pinien, Eukalyptusbäumen, Myrte und Heidekraut gesäumte Sandstrände liegen, steigt die wilde, felsige Südküste bis über hundert Meter an. Ein schmaler Wanderweg mit herrlichen Ausblicken schlängelt sich ihr entlang. An einer dieser Stellen tritt Anna direkt an den Abgrund, sie, die sonst immer Abstand hält, sich nicht zu weit vorwagt, immer hinter Max bleibt. Er fasst sie bei der Hand. Angst beschleicht ihn, sie könnte sich hinunterstürzen oder ausrutschen und hinunterfallen.

Asche. Wirbelt wieder hoch. Die Asche. Wirbelt hoch. Dringt in Nase und Mund. Fühlt sich an wie Sand auf der Zunge.

Der Sand ist feucht, kalt. Eben noch hat die Sonne gebrannt, so dass sie die Feuchtigkeit kaum wahrgenommen haben. Doch die Kälte hat sich ganz langsam eingeschlichen. Max zieht sich das T-Shirt über, während Anna liegen bleibt. Sie scheint müde zu sein. Sie kann aber auch sonst stundenlang am Strand liegen und dösen. Max hingegen hält es nie lange aus.

Auslaufende Wellen. Leises Rauschen. Plätschern. Die Sandstrände hier an der Nordküste der Insel sind wirklich wunderschön. Wenn nur die Feuchtigkeit nicht wäre. Es ist zwar nicht mal fünf. Max wirft einen Blick zu Anna. Er macht sich erneut Gedanken über ihren Zustand. Spielt der schmerzliche Abgang vom Stadttheater vor ein paar Jahren eine Rolle? Obwohl sie für freie Gruppen weiterhin als Kostümbildnerin tätig war, zuletzt für den «Sommernachtstraum», und jetzt wieder Kunstfiguren kreiert hat. Oder der tragische Tod ihres Vaters vor wenigen Jahren? Zuvor der frühe Tod der Mutter, achtundfünfzigjährig.

Und Max ahnt nicht, dass Anna noch jünger sterben wird.

Annas Mutter hatte Krebs. Wurde operiert. Die Wunde an ihrem Bauch wollte nicht richtig verheilen. Sie hatte dauernd Schmerzen. Annas Vater hatte sie zu Hause gepflegt. Sie war zu Hause gestorben. Später, selber krank, weigerte er sich, ins Krankenhaus zu gehen.

Max stapft durch den Schnee. In der Luft die Klänge der Oboe d'Amore. Sommernachtstraum. Ganz leise. Nur für ihn hörbar. Die Töne schwingen tief in ihm drin.

4

Nach der Inselwoche radeln Max und Anna auf dem Festland bis Sanary-sur-Mer westlich von Toulon, ein Fischerstädtchen, wo es sogar noch echte Fischer hat. Während des Zweiten Weltkrieges fanden hier mehrere deutsche Schriftsteller vorübergehend Zuflucht vor den Nazis. Anna und Max verbringen in einem Hotel am Hafen die letzten zwei Nächte, bevor sie mit dem Zug nach Hause fahren. Von Horizont zu Horizont zieht eine schwarze Wolke. Immer noch brennt der Wald.

Blätter und Zweige des Bäumchens sind grau von der Asche. Max wirft die rote Rose, die er für Anna gekauft hat, vom Felsvorsprung hinunter. Sie bleibt unterhalb auf dem schmalen Geröllband liegen. Max nimmt den Bogen Papier, worauf er für Anna ein Abschiedsgedicht geschrieben hat, reißt den Bogen in kleine Schnitzel, die er hinunter wirbeln lässt: Schneeflocken, die Annas Asche begleiten.

«Es schneit», sagt Anna. «Ich will sterben», sagt Anna.

Blut war in die Höhle geflossen, dort, wo der Tumor im Kopf gewuchert hatte, groß wie ein Pfirsich, am Vortag herausgeschnitten. Sie musste daraufhin ein zweites Mal operiert werden.

«Ich will sterben.»
Sie wiederholt es wie eine Litanei.
«Ich will sterben. Wieso hilfst du mir nicht?! Auf dich ist kein Verlass. Auch auf dich nicht.»

Sie wurde richtig böse auf Max. Wie sollte er helfen? Sie war an keine Maschine angeschlossen, die man abstellen kann.

Wie hätte er helfen können? Er war selber hilflos. Seit zwölf Stunden an ihrem Bett im Krankenhaus.

Um sechs Uhr in der Früh war Max vom Klingeln des Telefons geweckt worden. Eine Pflegefachfrau vom Inselspital. Er solle sofort kommen. Seine Frau habe mehrmals gesagt, dass sie sterbe. Sie habe sie gefragt, ob sie für sie beten solle. Doch Anna habe es abgelehnt.

«Sie werden nicht sterben. Nicht jetzt», sagt der Chirurg, der vorbeischaut.

«Ich will sterben», beharrt Anna.

Er verlässt beleidigt den Raum.

Anna starrt zum Fenster hinaus. Draußen eine milde Herbstnacht. Die Lichterkette eines Baukrans.

Anna richtet sich im Bett auf.

«Er wartet auf mich», sagt sie.

«Wer?»

«Oh, der ist lieb.

Siehst du die Lichter?

Jetzt brennen nur noch drei.

Wenn das letzte Licht ausgeht, nimmt er mich mit.

Es schneit bereits, siehst du.»

«Es schneit?»

«Aber ja. Es schneit», sagt sie.

Max stapft durch den Schnee. Zu Hause, in seinem kleinen Vorgarten, ist der Schnee in der leeren Urne schon vor ein paar Tagen geschmolzen.

Sie sitzen nebeneinander auf dem Sofa im Wohnzimmer, der Fernseher läuft.

«Wir sitzen bereits da wie ein altes Ehepaar», sagte Anna.

Max stapft durch den Schnee. Auf dem Weg zu Anna, zu der er doch nie mehr gelangen wird.

«Es schneit», sagt Anna und starrt zum Fenster des Überwachungsraums im Bettenturm der «Insel» hinaus. Sie hatte sich im Bett halb aufgerichtet, hatte versucht, den Infusionsschlauch wegzureißen. Jetzt schaut sie mit großen Augen hinaus. Am Himmel leuchten die ersten Sterne auf. «Es schneit», sagt Anna. Max beschleicht die Angst, sie könnte sich in einem unbewachten Augenblick aus dem Fenster hinunterstürzen.

Annas Vater lief los.

5

Papa läuft los. Hinaus in den Schnee. In den Wald. Er wollte nicht ins Krankenhaus.

Wir hatten uns viel erzählt, Papa und ich, als ich ihn und seine Freundin ein halbes Jahr vorher besuchte. Jeden Abend, nachdem Sabine im Bett war. Seit drei Jahren lebte er mit ihr zusammen in ihrem Haus in Bad Freienwalde, nicht weit von Berlin.

«Einen kleinen Klaren, Anna? Damit das Bier sich nicht so einsam fühlt.»

Es blieb nicht bei einem. Na! Wir tranken Bier und Korn und redeten bis spät in die Nacht.

Papa hatte Tränen in den Augen, als wir uns dann im Bahnhof von Bad Freienwalde verabschiedeten. Er wusste, dass wir uns nie mehr wieder sehen würden. Ein halbes Jahr später, kurz nach Neujahr, ist er gestorben. Im Wald. Im Schnee.

Max versucht, in die Fußstapfen vor ihm zu treten, was nicht immer gelingt. Sei es, dass er den Blick schweifen lässt, sei es, dass er einem Gedanken nachhängt und deshalb daneben tritt, im Schnee einsinkt.

Ein Jahr vor Annas letztem Besuch in Bad Freienwalde war sie mit Max bereits für ein paar Tage dort gewesen. Sabine besaß noch ihren alten Trabi, selbst wenn die meisten Nachbarn mittlerweile ein Westlerauto fuhren. Sie kutschierte denn auch Anna und Max mit ihrem Trabi durch die Gegend, Annas Vater auf dem Beifahrersitz.

Nichts gegen die Schweiz, aber auch hier sei es sehr schön und würde es einiges zu sehen geben.

Die Strecke war kurvenreich und Sabine fuhr ziemlich rasant, um zu beweisen, dass ein Trabi keine lahme Ente sei, wenn er auch schön schaukelte. Max fühlte sich nach der Fahrt richtig «seekrank».

Sabine war Kindergärtnerin gewesen, jetzt pensioniert. In der DDR sei doch nicht alles so schlecht gewesen, wie das jetzt von den Westlern dargestellt werde, die sich groß aufspielten und sich alles unter den Nagel rissen, was sie nur könnten.

Max stimmte ihr zu, gab jedoch zu bedenken, dass es die Mauer in Berlin und die Todesschüsse gegeben habe.

«Aber wir mussten uns doch gegen den Westen schützen», entgegnete Sabine.

Max legte sich früh schlafen. Er hatte Kopfschmerzen und auch der Magen rumorte. Ob von den zwei großen Gläsern Bier, begleitet von zwei kleinen Gläsern Korn, ob von der Nachtfahrt mit dem Zug nach Berlin, während der er kaum ein Auge geschlossen hatte, oder ob von der schaukelnden Fahrt im Trabi, hätte er nicht sagen können.

Anna hingegen blieb mit ihrem Vater bei Bier und Korn noch bis nach Mitternacht im Wohnzimmer sitzen.

Und wieder sinkt Max beinahe bis zum Knie ein. Auf der Schneedecke neben den Fußspuren mehrere Federn. Flaum.

Annas Vater läuft los. Hinaus in den Schnee. In den Wald. Und Sabine, seine Freundin ...

6

Sie kannten sich schon von Kind an, Papa und Sabine. Sie war seine erste Freundin.

Papa muss als Jugendlicher im letzten Kriegsjahr noch an die Front. Er hat Glück. Er gerät in amerikanische Gefangenschaft, wird in einem Lager an der Ostsee interniert.

Als er nach Schöningen zurückkommt, ist Sabine nicht mehr da. Papa lernt Mama kennen. Er macht ihr ein Kind. Mich. Sie heiraten. Viel zu jung. Beide kaum erwachsen. Na!

Ich bin ein Sonntagskind. An einem Sonntag geboren. Im Mai. Ein Maienkätzchen. Sagt die Oma. Maienkätzchen haben eine robuste Gesundheit. Na!

Durch einen 2:1-Erfolg über den FC St. Pauli wird an diesem Sonntag der Hamburger Sportverein HSV Norddeutscher Fußballmeister. Papa verfolgt das Spiel am Radio.

Anfangs Sommer blockiert die sowjetische Besatzungsmacht die Westsektoren Berlins. Amerikaner und Engländer versorgen Westberlin mit einer Luftbrücke. Ich liege im Stubenwagen und ... Liege im Stubenwagen. Na!

Sieben Jahre später bekomme ich einen Bruder. Ihn hat Mama gewünscht.

Ich soll auf ihn aufpassen. Sein Kindermädchen.

Max stapft durch den Schnee. In der Zeitung las er einen Artikel über Skandale um Körperspenden in den USA. Wo die Nachfrage das Angebot übersteigt, blüht auch der Schwarzmarkt. Gehandelt wird nicht nur mit Leichenteilen, die Universitäten zu Forschungszwecken vermacht werden. In der Nacht sollen sogar Leichenteile aus Krematorien entfernt worden sein. Tage oder Wochen später erhalten die Hinterbliebenen eine Urne.

Es ist tatsächlich unmöglich, zu wissen, welche Asche und ob alles darin ist, denkt Max.

Manchmal treibt Max dahin, seine Wiesen und Bäume stehen im Wasser. Die Äste der Bäume verlieren ihre Konturen im Dunst, verlieren sich in einem milchigen Etwas, lösen sich auf, so wie die Sonne sich auflöst und alles durch die Finger rinnt, nichts sich festhalten lässt.

Wenn die Zeit erst mal läuft, läuft sie dir davon, nur in einer schlaflosen Nacht, beim Warten auf den Bus oder auf irgend etwas, hat sie es scheinbar nicht mehr eilig, und ist trotzdem schon wieder ein Stück voraus und nie einzuholen, geschweige denn zu überholen. Wozu also das Wettrennen? Wir rennen trotzdem.

7

Als Papa aus der amerikanischen Kriegsgefangenschaft nach Schöningen zurückkam, wurde er Polizist. Keine andere Möglichkeit. Und so zögerte er nicht lange. Mit einer Pistole und einem Schäferhund machte er Jagd auf Einbrecher, die über die Zonengrenze kamen und wieder verschwanden, als der Zaun noch Löcher hatte. Na!

Mit siebenundzwanzig Jahren wird er bereits in Rente geschickt. Er ist laufend krank. Nierenkoliken. Einmal, als

Mama nicht zu Hause war, hatte ich ihm eine Bettflasche mit kochend heißem Wasser auf den Bauch gelegt, er hatte danach Brandwunden. Wegen der Bauchschmerzen hatte er nicht gespürt, dass die Bettflasche zu heiß war.

«Was hast du wieder angestellt, Anna! Wo Papa schon so solche Schmerzen hat!»

Das war toll böse von mir. Aber ich konnte nichts dafür.

Papa arbeitet dann in der Stadtverwaltung. Trägt die Post in die einzelnen Büros. Mama geht putzen.

Schöningen liegt an der Grenze. Zur Ostzone. So hat man damals gesagt. Hinter unserem Schrebergarten der Stacheldrahtzaun. Die Straße endet hier.

Ich bin oft bei der Oma. Sie ist immer lieb zu mir. Sie hat ein Schwein. Wenn man auf dem Plumpsklo sitzt, kann man es sehen. Der Stall liegt gleich darunter.

Im Herbst wird das Schwein geschlachtet. Dann gibt es ganz frischen Hackepeter. Das schmeckt!

Er rollt davon. Mein rotblauer Ball. Rollt davon. Die Straße hinunter. Rollt. Ich renne hintennach. Renne, so schnell ich kann. Mama hat mir verboten, den Ball mit in die Schule zu nehmen. Na! Ich mache es trotzdem. Er rollt davon. Rollt. Hüpft. Rollt. Ich werde zurückgerissen. Ein Auto fährt vorbei.

«Pass doch auf, Kind!», schimpft eine Frau. Ich laufe weg. Warte. Endlich ist die Frau verschwunden. Ich schleiche zurück. Suche den Ball. Ich kann ihn nicht mehr finden.

Plötzlich versperrt mir ein Mann den Weg. Ich erschrecke. Weiche zurück.

«Solltest du nicht schon längst in der Schule sein», sagt der Mann. Er hält einen Ball in der Hand. Mein rotblauer Ball!

«Das ist mein Ball», sage ich.

«Darfst du denn einen Ball mit in die Schule nehmen?», fragt der Mann.

«Das ist mein Ball», wiederhole ich.

«Dann fang ihn dir!» Der Mann wirft den Ball fort. Er rollt die Straße hinunter. Rollt. Der Mann lacht hinter mir her. Lacht. Es tönt wie das Bellen eines Hundes. Der Ball prallt gegen eine Mauer. Ich krieg ihn zu fassen. Jetzt bin ich aber ganz toll zu spät. Getraue mich nicht mehr, zur Schule zu gehen. Ich gehe zur Polizei. Das sind schließlich Kollegen. Von Papa und mir. Sind immer lieb zu mir. Ein Polizist muss mich begleiten. Dann getraut sich der Lehrer nicht, mit mir zu schimpfen.

Ein paar Tage später werde ich von einem Hund ins Bein gebissen. Mama schimpft mit mir. Weil wir zum Arzt müssen. Sie wirft die Schokolade, die ich von der Arztgehilfin bekommen habe, in den Mülleimer.

Ich habe einen Onkel, der ist zwei Jahre jünger als ich.

«Onkel, Onkel, ätsch!» Dann ärgert er sich.

Meine Schulfreundinnen beneiden mich um ihn. Na! Einmal wollte er mir befehlen, weil er der Onkel ist. Ich hab ihn gegen das Schienbein getreten. Er hat geweint. Hat behauptet, er blute. Das war doch kaum der Rede wert. Das bisschen Blut. Mama hat mich deshalb verhauen.

Max versucht, sich die kleine Anna vorzustellen. Aber wie war sie wirklich als Kind, diese Frau, mit der er über ein Vierteljahrhundert zusammengelebt hatte, die fast tausend Kilometer entfernt aufgewachsen war, jenseits der engen helvetischen Grenze, an die er zum ersten Mal in seinem Leben mit zwölf Jahren kam, ohne sie zu überschreiten. Max spielte am Stadttheater Bern in einem Stück von Pirandello einen Messknaben. Sie hatten ein Gastspiel in Basel. Am Nachmittag vor der Vorstellung besuchten die Statisten das Dreiländereck. Von einem Aussichtsturm aus reichte der Blick links nach Frankreich, rechts nach Deutschland. Max war ein bisschen enttäuscht, gab es doch nichts Besonderes zu sehen. Jedenfalls war von diesem Turm aus kein Unterschied zur Schweiz auszumachen. Trotzdem wurde ein Foto geknipst, später zu Hause ins Album geklebt. Und Anna, von der er damals nichts wusste, war direkt an der Grenze aufgewachsen, einer anderen Grenze, mit Stacheldrahtzaun und Wachttürmen, welche die Familie von den Verwandten trennte. Wie war Anna wirklich als Kind? Und wie wäre sie als alte Frau gewesen?

Manchmal treibt Max dahin.

Beim Lesen der Zeitung sagte er sich, es ist doch seltsam, dass so viele Menschen einen Gott, einen Führer, ein Idol, einen Star brauchen. Max war nie Fan von irgendjemandem, auch von keinem Star aus der Kulturszene. Als Jugendlicher hatte er im Stadttheater mitgefiebert, mitgebibbert, dass der junge Tenor aus Amerika den hohen Ton erwischt. Und hatte er ihn nicht erwischt, hatte Max beide Augen zugedrückt, will heißen, beide Ohren zugedrückt. Das war viel schöner, als irgendeinem Star zuzujubeln. Gerade das Nichtvollkommene war reizvoll.

Max stapft durch den Schnee. Er hätte nicht gedacht, dass es so mühsam sein würde. Der Bauernhof von Maillard taucht auf. Hier und auch anderswo auf dem Weg zu Anna begegnete er im Sommer zuweilen einer Kuhherde. Ob Kühe wohl auch Idole haben?

Obwohl er ihn schon oft gegangen ist, findet Max den Weg zu Anna von der Stadtgrenze von La Chaux-de-Fonds bis zu den hohen Felsen des Doubs, der wilden Schlucht und dem Urwald, immer wieder faszinierend. Jura wie im Bilderbuch. Wettertannen mit ihren unten ausladenden Ästen, die Weiden im Frühsommer voll hoher Blumen, der Weg quer hindurch ist nicht immer leicht zu finden, aber mittlerweile kennt er sich aus. Zuweilen eine Vertiefung im Boden, als ob ein Riese ein bisschen zu stark aufgetreten wäre, vielleicht auch ein Dinosaurier, die gab es ja im Jura, vielleicht hatte auch eine Sternschnuppe die Erde geküsst. Hin und wieder eine Kuhherde samt Kälbern und Stier. Verschiedene Rassen friedlich beieinander. Ein paar Pferde, Mähren mit ihren Füllen, haben sich der Kuhherde angeschlossen.

Doch es gibt immer ein paar Einzelgängerinnen, die sich von der Herde absondern. Zum Glück, denkt Max.

8

In einem Ferienlager im Harz lernte Anna einen drei Jahre älteren Jungen kennen. Ihre Eltern sind gegen diese Beziehung. Die Familie von Heiner ist gebildet, gehört zur kleinstädtischen Oberschicht.

Anna ist mit Heiner sehr oft bei ihm zu Hause. Sie wird dafür von ihrer Mutter mit eisigem Schweigen bestraft. Manchmal auch mit einer Leidensmine, dem Vorwurf der Undankbarkeit oder der Drohung, sie werde es noch mal bitter bereuen. Worauf Anna noch mehr Zeit im Elternhaus von Heiner verbringt, obwohl dessen Vater es nicht lassen kann, ihr «Erziehung» beizubringen, Geschichtsunterricht zu erteilen. Sie hört zum ersten Mal klassische Musik, wird ins Theater mitgenommen.

Man gibt ihr zu verstehen, dass sie noch sehr viel zu lernen habe.

Anna bekommt langsam das Gefühl, dumm zu sein und ist dankbar, dass Heiners Eltern sich so viel Mühe mit ihr geben. Ihre eigene Familie kommt ihr immer ungebildeter vor und sie schämt sich für sie. An Gesprächen mit anderen Personen nimmt sie nicht mehr teil, damit diese nicht merken, wie dumm sie sei. Wenn sie etwas sagt, dann so leise, dass es keiner versteht.

Anna macht eine Lehre als Schneiderin im Nachbarort, der einige Jahre später dem Braunkohletagbau zum Opfer fällt.

Anna wäre gerne Architektin geworden, wie sie einmal Max anvertraute. Doch dazu fehlte die schulische Grundlage. Und die Eltern hatten ihr diese «Flausen», wie sie es nannten, gehörig ausgetrieben und verdächtigten die Eltern von Heiner, ihr dies in den Kopf gesetzt zu haben.

Heiner hat ein Auto. Sonntags fahren sie damit durch den Elm, rasen um die Kurven, haarscharf an den Bäumen vorbei, immer ein bisschen schneller, und sie sind stolz darauf, immer ein bisschen schneller zu sein, das ist ihr Sonntagsvergnügen. Auch dunkle Wolken können sie nicht davon abhalten.

Dunkle Wolken am Himmel. Bisher war Max auf dem Weg zu Anna nur ein einziges Mal in ein Gewitter geraten. Und jetzt im Winter ist ein Gewitter eher selten.

Er erinnert sich an eine Fahrradtour. In Étoile sur Rhône in der Nähe von Valence brach ein Gewitter los, wie er es noch nie erlebt hatte. Er fand auf dem Dorfplatz in einer Mauernische einen Unterschlupf. Es krachte ununterbrochen. Sirenen heulten. Das ging durch Mark und Bein.

Sobald der prasselnde Regen ein bisschen nachgelassen hatte, überließ er Gepäck und Rad ihrem Schicksal und rannte ins nächste Café.

Der Raum lag im Halbdunkel. Nur eine Kerze brannte auf der Theke. Aus Angst vor dem Blitzschlag hatten sie das elektrische Licht ausgemacht. Ein paar alte Männer saßen an einem Holztisch und erzählten sich Schauergeschichten von Blitz und Donner.

Da war einer während eines Gewitters beim Mittagessen, das Fenster stand offen, und wie er Messer und Gabel anfasste, warf ein Schlag ihn zu Boden, der Blitz, jedenfalls blieb der Unglückliche eine Zeitlang wie gelähmt liegen.

Natürlich glaubte Max nur die Hälfte, trotzdem wartete er brav ab, bis das Gewitter sich verzogen hatte, bevor er sich auf seinen Drahtesel schwang.

Als Kind hatte ihnen der Sonntagsschullehrer lebhaft ausgemalt, dass man am Abend im Bett die Augen schließen kann und am Morgen nicht mehr aufwacht. Wenn es Gott gefällt. Darum fleißig ein Gutenachtgebet gesprochen. Die Vorstellung, am Abend die Augen zu schließen und am Morgen nicht mehr aufzuwachen, hatte Max damals schon ein bisschen Angst gemacht. Jetzt hingegen wünscht er sich manchmal, am Abend im Bett die Augen zu schließen und am nächsten Morgen nicht mehr aufzuwachen. Wäre ein schöner Tod.

Max stapft durch den Schnee. Auf dem Weg zu Anna.

9

Nach der Lehre folgt sie Heiner gegen den Willen der Eltern nach Westberlin, wo er studiert. Wenn sie nach Hause fahren, nehmen sie manchmal das Flugzeug nach Hannover. Der Flug ist billig. Die Flüge nach Westberlin werden subventioniert. Und jeder kriegt ein halbes Brathähnchen! Hauptsächlich deshalb machen sie den Umweg über Hannover.

Heiner kauft sich ein altes Motorrad mit Seitenwagen. Sie brausen damit durch Westberlin. Anna nimmt heimlich Fahrstunden. Der Fahrlehrer kann die Bemerkung nicht verkneifen, ob sie nicht lieber ein Mofa fahren würde. Ein schweres Motorrad sei doch nichts für eine kleine, zarte Frau, das sei kein gewöhnlicher Vibrator, da gehe was ab zwischen den Schenkeln, da stecke eine Riesenkraft drin, für die Damen sei der Rücksitz, das sei weniger gefährlich und der Effekt der gleiche. Und nachdem er ausgiebig ihren Hintern taxiert hat, fügt er hinzu, ihm könne es ja egal sein, jedenfalls lehne er jegliche Verantwortung ab, und wenn sie sich alle Knochen breche, sei das ihre Sache, aber wenn sie die Maschine schrottreif fahre, würde ihm das schon tief im Innern weh tun.

Eine Freundin, der Anna von ihren Fahrstunden erzählt, ruft bloß aus: «Bist du verrückt geworden!»

Nach bestandener Prüfung holt sie Heiner mit seinem Motorrad von der Uni ab. Er wird leichenblass, wie er sie grinsend auf der Maschine sieht. Ob sie schon wieder den Verstand verloren hätte! Sie sei wirklich kreuzdumm, mehr als das, gemeingefährlich, kriminell! Wozu er und seine Eltern sich eigentlich so viel Mühe mit ihr gemacht hätten! Die Umstehenden lächeln schief und tuscheln. Anna wedelt mit dem Führerschein unter seiner Nase, doch er beruhigt sich erst, nachdem er ihre Freude völlig in den Boden gestampft hat. Später behauptet er, er sei stolz auf sie.

Auf dem Weg zur Uni war Anna zu schnell in die Kurve gefahren, sie hatte zwar soeben den Führerschein für schwere Motorräder erhalten, war aber noch nie mit einem Seitenwagen gefahren. Es hätte nicht viel gefehlt, und sie hätte einen Unfall gebaut. Das hat sie natürlich nicht erzählt. Ganz so dumm, wie er glaubt, ist sie nicht.

Sie heiraten. Fünf Jahre später lassen sie sich scheiden. Während Annas Studium als Kostümbildnerin.

Sie hat es nicht länger ertragen, dass Heiner ihr laufend sagen wollte, was zu tun und zu lassen sei, immer alles besser wusste und ihr unter die Nase rieb, wie dumm sie sei, ohne ihn wäre sie eine Nichts.

Nach Diplomabschluss wird Anna ans Stadttheater Bern engagiert. Kostümbildassistentin.

10

In Bern lernt sie Max kennen. Er lädt sie zu Spaghetti zu sich nach Hause ein.

Max wohnte damals in der Altstadt in einer kleinen Altbauwohnung im dritten Stock mit Sicht auf die Rathausgasse. Zwei schlauchartige Zimmer, eine Küche mit Gasherd und einem Spülbecken nur mit Kaltwasser. Als einzige Heizquelle für die ganze Wohnung diente ein alter Holz- und Kohleofen. Draußen im Korridor ein Klo, das ebenfalls von der Bewohnerin der nach hinten liegenden Wohnung mit Blick auf den Aarehang benutzt wurde.

Im Winter sammelte Max an der Aare herumliegende Äste ein, um sie in seinem Ofen zu verfeuern. Aber dies reichte nicht lange, um die Wohnung warmzuhalten. Einmal bestellte er bei einem Brennstoffhändler einen Sack Kohlen. Fünfzig Kilo, die unten im Hauseingang abgestellt wurden. Er versuchte, den Sack auf seinem Rücken hinaufzutragen, kam aber nur bis zum zweiten Stock. Dort zog ihn das Gewicht nach hinten, er stürzte mit dem Sack und einem Schrei rückwärts die Holztreppe hinunter, landete ein paar Stufen tiefer auf den Kohlen.

Im vierten Stock kam ein junges Paar aus der Wohnung und lehnte sich über das Geländer. Beim Anblick, der sich ihnen darbot, brachen sie in schallendes Gelächter aus.

Im Gegensatz zu Max waren sie scheinbar bei einer lustvollen Beschäftigung durch das Gepolter und den Schrei aufgeschreckt worden. Jedenfalls waren sie nur spärlich bekleidet.

Schließlich rief der Mann, der aber nur mit Mühe sein Lachen unterdrücken konnte, Max zu, ob er sich verletzt habe.

Dieser verneinte.

Nachdem das junge Paar sich vollständig angezogen hatte, halfen sie Max den Sack in seine Wohnung zu schleppen.

Der Mietzins der Wohnung war sehr günstig, so dass Max mit seinem damals noch brotlosen Dichterdasein und verschiedenen Nebenjobs sie sich gerade noch leisten konnte.

Draußen auf der Straße war es oft bis nach Mitternacht durch grölende Besoffene ziemlich lärmig. Einmal wurde er durch überlautes Gekeife von seinem Schreibtisch ans Fenster gelockt. Auf der Gasse stritten sich zwei Prostituierte. Im Haus gegenüber öffnete sich unter dem Dach ein Fenster und eine alte Frau bombardierte die zwei Streithennen mit Eiswürfeln.

Die Straße hieß früher Metzgergasse und war wegen den vielen Huren verrufen, die unter den Lauben, wie die Arkaden in Bern genannt werden, ihre Dienste anboten. Für einige der reinste Sündenpfuhl. Dem Treiben wurde schließlich Einhalt geboten. Scheinbar war aber selbst die Obrigkeit sich nicht einig, handelte es sich doch bei den jeweils verhängten Bußen um eine schöne Einnahmequelle, die man nicht leichtfertig aufs Spiel setzen sollte. Die Stimmen der Hüter der Moral überwogen. Da die Metzgergasse bis weit herum als berühmt-berüchtigt bekannt war, wurde sie kurzerhand auf Rathausgasse umbenannt. Sie führt denn auch tatsächlich zum Rathaus. Doch die Umbenennung half nicht lange.

Max lädt also Anna zu Spaghetti zu sich nach Hause ein. Sie geht hin, obwohl sie überhaupt nicht auf Spaghetti steht. Für sie sind alle Teigwaren Nudeln. Max korrigiert sie. Das Einzige, wofür er sie je korrigiert, dafür mit Nachdruck, als hätte sie eine Blasphemie begangen.

Es schneit. Max holt Anna ab, um vom Gurten, dem Hausberg von Bern, hinunter zu rodeln. Aber schließlich bleiben sie zu Hause, verbringen zusammen die Nacht bei Anna. Ihre erste Nacht.

Mit Kolleginnen und Kollegen vom Theater gehen sie auf die Eisbahn. Max landet öfters auf dem Hintern. Er ist nur wegen ihr mitgegangen.

Im «Zähringer», einer Beiz unten an der Aare, treffen sie hin und wieder Helmut, einen Regieassistenten. Er wohnt in Miete gleich im Haus gegenüber. Eine Einzimmerwohnung. Doch die Kneipe ist sein wirkliches Zuhause.

Es war in dieser Kneipe, wo Anna und Max sich kennenlernten.

Max beschleicht den Verdacht, dass Helmut schon vor ihm ein Auge auf Anna geworfen hat. Doch Helmut verrät sich nicht. Erst viel später erzählt Anna beiläufig, sie könnte sich nicht vorstellen, Helmut als Freund zu haben. Er stinke förmlich, wechsle kaum die Kleider und wasche sich wahrscheinlich kaum, obwohl er laufend schwitze. Dies war bei dessen Körperumfang nicht weiter verwunderlich, obwohl es Max bisher nicht aufgefallen war.

Helmut stammt aus einer Kleinstadt in Bayern und hatte in München studiert. Er bezeichnet sich selbst als einen linken Royalisten, Verehrer des jungen Bayernkönigs Ludwig II. mit seinen Märchenschlössern, der, für geisteskrank erklärt und abgesetzt, zusammen mit seinem behandelnden Psychiater im Starnberger See auf ungeklärte Weise ums Leben kam.

In der Beiz an der Aare gesellt sich meistens noch Dieter hinzu, ein erfolgloser Kunstmaler aus Norddeutschland, der immer wieder über die Berner Kulturmafia und Lehrerkultur schimpft. Wieso er in Bern gestrandet und hier kleben geblieben ist, weiß Max nicht.

Während ihren Gesprächen erwähnt Helmut mindestens sieben Schriftsteller, zitiert Sätze aus ihren Werken, was Dieter zu spotten veranlasst, Helmut literarisiere wieder mal.

Noch vor der Zeit mit Anna saß Max, Hospitant am Stadttheater bei der Inszenierung von «Der Kaufmann von Venedig», zuweilen mit Helmut in dieser Beiz am großen, runden Tisch vor einem großen Bier, was einem halben Liter entspricht. Helmut trank immer mindestens drei Große, als Reverenz an seine Heimat Bayern, und rauchte eine Gauloises bleu nach der andern, dies als Reverenz an Frankreich, das er hoch schätzte, bis sie bei Beizenschluss, Polizeistunde, hinausgescheucht wurden. Er kaufte dann noch schnell an der Theke drei Halbliterflaschen über die Gasse, wie man das nannte. Manchmal lud er Max ein, mit ihm in seine Bude hochzusteigen, wo Helmut ihm dann mehrere seiner Gedichte vorlas.

Einmal erzählte er grinsend, Ribell, ein Schauspielregisseur, habe während der Probe wieder mal einen Wutanfall gekriegt und beinahe das Regiepult in den Orchestergraben geworfen. Die Schauspielerinnen und Schauspieler hätten nur so gezittert. Ribell sei zwar sonst in Ordnung. Am 1. Mai habe er die Probe abgesagt, am Tag der Arbeit werde nicht gearbeitet, das sei ein Feiertag, auch wenn dies in der Schweiz nicht offiziell gelte.

In der Theaterkantine setze er sich meistens zu den Bühnenarbeitern, nicht wie jener junge Schauspieler, der einen Techniker, der sich an dessen Tisch setzen wollte, zurechtwies, dies sei ein «Künstlertisch».

Jimi, der Schnürmeister, singe zuweilen bei Chorauftritten in der Oper mit seinem tiefen Bass oben von der Brücke des Schnürbodens aus voller Kehle mit. Jetzt hätten sich die Choristen bei der Direktion beschwert und es sei Jimi mit Androhung einer fristlosen Entlassung verboten worden, mitzusingen. Jimi, ein großer, kräftiger Bursche, hätte beinahe geweint.

Ein andermal erzählte Helmut völlig gerührt, sie seien nach der Abendprobe noch bei Sabine, einer Schauspielerin, die als Gast am Stadttheater engagiert sei, in deren Studio in der Altstadt gesessen. Beim allgemeinen Aufbruch habe Sabine zu ihm gesagt, ach Helmi, willst du nicht noch bleiben.

Hin und wieder erwähnte Helmut auch, er habe eine Freundin im Elsass, als müsste er sein Junggesellendasein in Bern erklären. Sie sei die Tochter eines Winzers. Er werde sie ganz bestimmt während den Theaterferien wieder besuchen.

Die Geliebte jedoch ist nie in Bern aufgetaucht.

Max stapft durch den Schnee. Plötzlich rutscht er aus, beinahe wäre er gestürzt. Erneut sinkt er bis zum Knie im Schnee ein.

«Die Liebeskrankheit ist die schlimmste Krankheit», sagte der Darsteller des Osmin, wütender Aufseher über das Landhaus des Bassa Selim in der Oper «Die Entführung aus dem Serail». Sie saßen in der Kneipe, Anna, Max und ein paar Kollegen. «Die Liebeskrankheit ist die schlimmste Krankheit. Du leidest. Ein Schuh voll Schnee ist äußerst unangenehm. Aber das hier ist eine Krankheit. Und du kannst nichts dagegen machen. In den Augen der andern bist du bloß lächerlich. Keiner versteht dich. Du bist bloß lächerlich. Ein Narr. Das weißt du selber.»

Wie kam der Sänger auf einen Schuh voll Schnee, fragt sich Max. Stapft weiter, versucht so gut als möglich in die Fußspuren vor ihm zu treten. Doch diese verzweigen sich. Und die Markierung des Wanderwegs ist natürlich unter der Schneedecke nicht auszumachen.

Im Schnee scheint der Weg endlos.

11

Endlos lange Korridore in der «Insel». – Insel? Ja, eine Insel mitten in der Stadt. Menschen, die kommen und gehen. Menschen, die bleiben. Bleiben müssen. Aber eines Tages, über kurz oder lang, geht jeder wieder von hier weg. Und sei es in einem Sarg.

Eine Insel mit mehr als 5000 Angestellten und jährlich 32 000 Hospitalisierten und 100 000 ambulanten Patienten.

Endlos lange Korridore. Verschiedenfarbige Bänder auf dem Boden, um zur richtigen Abteilung zu gelangen, den Weg nicht zu verlieren.

Von Montag bis Freitag muss Anna täglich zur Bestrahlung ins Inselspital. Sie geht nur mit Mühe am Arm von Max. Und die langen Korridore werden noch länger. Wenn der Oberarzt von der Radio-Onkologie sie von weitem sieht, weicht er aus, verschwindet durch eine Tür, es scheint, als habe er Angst, von Max angesprochen, mit Fragen bombardiert zu werden.

Anna war eine Maske angefertigt worden, damit nur die richtige Stelle im Kopf bestrahlt wird. Als eine Mitarbeiterin Anna abholte, um die Maske anzuprobieren, und Max sie wie immer begleiten wollte, wurde er aufgefordert, hier zu warten, es habe keinen Platz für ihn in ihrem Zimmer. Nach ein paar Schritten drehte sich Anna Hilfe suchend nach Max um – wie ein kleines Kind nach seiner Mama. Er ging zu ihr, kehrte dann aber nach ein paar Schritten, wie befohlen, an seinen Platz zurück, wo er während des langen Wartens mit sich unzufrieden war. Wieso hatte er nicht widersprochen und sich einfach kommandieren lassen! Der Umstand, dass Anna sich so auf ihn abstützte, von ihm umhegt sein wollte, rührte ihn.

Es hatte lange gedauert, acht lange Tage nach der Operation, bis endlich vom pathologischen Institut der Bericht gekommen war, um welchen Hirntumor es sich bei Anna handle. Max hatte der Pflegefachfrau gesagt, dass er alles wissen möchte. Nun wartete er von fünf bis acht Uhr in Annas Krankenzimmer. Die Pflegefachfrau hatte ihm bei seinem Kommen angekündigt, der Oberarzt von der Neurochirurgie und der Radio-Onkologe wollten ihn noch heute sprechen.

Endlich meldete sie, Dr. Cerutti von der Radio-Onkologie sei jetzt hier, er solle bitte kommen.

Der Arzt erklärte ihm, dass die Hirntumore in Grad eins bis vier eingeteilt würden. Grad eins sei noch relativ gut heilbar, bei Grad vier sehe es sehr schlecht aus. Bei der Größe und dem schnellen Wachstum von Annas Tumor habe man es bereits vermutet, und es sei jetzt bestätigt worden: leider handle es sich um Grad vier, einen Glioblastoma multiforme.

«Und was bedeutet das?»

«Wie Sie sicher wissen, hat man bei Ihrer Frau ungefähr zehn Prozent des Tumors, die Finger, die sich nach links hinübergestreckt haben, nicht herausschneiden können, ohne dass man dabei wichtige Hirnfunktionen zerstört hätte. Restlos alles entfernen kann man ohnehin nie. Und am Wachsen hindern lässt sich dieser Tumor nicht. Es ist bloß eine Frage der Zeit. Er wächst in alle Richtungen. Deshalb der Name, Glioblastoma multiforme. Und deshalb ist der Verlauf auch schwer vorauszusagen. Mit Bestrahlung und Chemotherapie können wir höchstens das Wachsen hinauszögern und vor allem die Lebensqualität, so hoffen wir, verbessern. Auf jeden Fall würde ich Ihnen dringend dazu raten.»

«Wie ... wie lange ist die Lebenserwartung?»

«Die Zeit, das ist ein relativer Begriff. Lieber spreche ich nicht davon. Aber wenn Sie mich so direkt fragen ... Ich denke, Ihnen kann ich es sagen. Die mittlere Lebenserwartung beträgt elf Monate. Wobei dies ein rein statistischer Wert ist. Es spielen viele Umstände mit. Und gerade bei diesem Tumor ist es wirklich äußerst schwierig, den Verlauf vorauszusagen. Einige Patienten sterben in den ersten drei Monaten und ein paar Wenige haben auch schon nach zwei Jahren noch gelebt. Vor Ihrer Frau hätte ich das nicht gesagt. Bringen Sie es ihr langsam bei, aber nicht gleich heute.»

Der Stationsoberarzt war nicht erschienen. Am nächsten Tag wurde Max zu ihm gebeten. Was er noch wissen möchte? Es hätte keinen Sinn, nun von Arzt zu Arzt zu laufen, dies werde an der Tatsache nichts ändern. Er müsse sich halt damit abfinden.

Max nahm sich vor, Anna so schnell als möglich zu Hause zu pflegen. Die vertraute Umgebung würde für ihre Moral bestimmt besser sein, als die Krankenhausatmosphäre. Zwar erwähnte sie nicht mehr, sie wolle sterben, wie an diesem furchtbaren Tag nach der zweiten Operation. Doch sie aß kaum, ließ das schönste Essen stehen. Alles Zureden half nichts. Einmal, als Max die Hälfte des Tellers aufgegessen hatte, in der Hoffnung, sie damit zum Essen zu animieren, und Anna schließlich ein paar Gabeln voll genommen hatte, sagte sie strahlend zur Pflegerin, die den Teller abräumte: «Wir haben gut gegessen!» Worauf diese lauthals lachte. Draußen im Korridor sagte die Pflegerin später entschuldigend zu Max, das sei so rührend gewesen.

Max hatte dann die Idee, Anna eine Nussschokolade mitzubringen. Und sie aß. Sie aß die ganze Schokolade auf. Von da an brachte er ihr jeden Tag eine Nussschokolade. Hauptsache, sie aß etwas. Es musste aber immer die gleiche Marke sein, die Max das erste Mal gekauft hatte, sonst wurde sie verschmäht.

Nach zehn Tagen war es soweit, die Stationsärztin war einverstanden, dass Anna nach Hause entlassen würde. Ein Pfleger riet davon ab, es sei zu früh, doch schließlich besorgte er einen Mietrollstuhl. Zu Fuß durch die langen Korridore der «Insel» bis zum Ausgang hätte Anna es wirklich nicht geschafft.

12

Graues Borstenhaar rechts vorne, da wo operiert worden war. Die übrigen langen roten Haare wie eine nach hinten verrutschte Perücke. Anna mag keine Kappe aufsetzen, kein Tuch umbinden, sie trägt die «Frisur» offen zur Schau, wie eine Trophäe. Sie hängt schief am Arm von Max. Mit kleinen Schritten bewegen sie sich vorwärts.

Als wären wir mit einem Schlag dreißig Jahre älter geworden, denkt Max.

Endlos lange Korridore in der «Insel».

Es hat Max einiges Kopfzerbrechen verursacht, wie sie täglich zur Bestrahlung den Weg dorthin schaffen. Was sich schon in den Ferien abgezeichnet hatte: Alle Entscheide liegen nun bei ihm, Anna ist dazu nicht mehr imstande; die vom Chirurgen versprochene Verbesserung nach der Operation hat sich nicht eingestellt.

Max beschließt, es mit Straßenbahn und Bus zu versuchen. Sie haben schon lange kein Auto mehr und mit dem Taxi würde es für die Behandlungsdauer von sechs Wochen über tausend Franken kosten. Natürlich benötigen sie für die kleine

Strecke zu Fuß bis zur Straßenbahnhaltestelle, für das Umsteigen beim Hauptbahnhof auf den Bus und von der Bushaltestelle bis zum Krankenhaus viel länger als üblich. Den Rollstuhl will Anna nicht benutzen. Aber sie schaffen es.

Kaum im Inselspital angekommen, muss Anna dringend. Max ist es peinlich, mit Annas Mantel im Arm im Vorraum der Damentoiletten bei den Spiegeln und Waschbecken zu warten, entschuldigt sich bei den eintretenden Frauen. Aus Angst, Anna könnte den Ausgang nicht finden, getraut er sich nicht, draußen im Korridor zu warten. Selbst zu Hause findet sie den Weg vom Schlafzimmer ins Bad nicht mehr allein.

Ein andermal gelingt es Anna nicht, die Toilettentür beim Warteraum der Radio-Onkologie von innen zu entriegeln. Max versucht verzweifelt, ihr vor all den Wartenden, die auf beiden Seiten an der Wand sitzen, von außen Anweisungen zu geben. Er erinnert sich dabei, wie als Kind eine seiner Schwestern auf einem Schiff auf dem Brienzersee die Toilettentür nicht mehr aufsperren konnte und heulte, bis ein junger Matrose an der Schiffsaußenwand durch das Fenster gekrochen war. Doch hier gibt es kein Fenster. Max läuft der Schweiß über Rücken und Bauch. Zum Glück gelingt es Anna schließlich doch noch, die Tür selber zu öffnen.

Außer den vielen ambulanten, kommen auch Patienten von den Krankenzimmern zur Bestrahlung hierher. Ein Mann mittleren Alters schiebt einen Infusionsständer auf Rädchen vor sich her, mit einem Schlauch hängt er an der Infusionsflasche.

«Verdammter Scheißdreck, das!», sagt er und lässt sich auf einem der freien Stühle nieder. «Verdammter Scheißdreck!»

Ein kleines Kind wird in einem Bett eiligst vorbei gestoßen. Und Max sieht, das Kind weiß, dass es bald sterben wird. Während die Mutter, die neben dem Bett her geht, es noch nicht wissen will. Obwohl sie es weiß. Und auch Max weiß, dass Anna bald sterben wird, will es noch nicht wissen.

Auslaufende Wellen. Rillen im Sand.

«Hast du den Hasen gesehen, der eben über die Straße gehoppelt ist?», fragt Anna auf dem Heimweg.
«Ein Hase?»
«Ja. So niedlich», sagt Anna und lacht.
Später sitzt sie auf einem Stuhl am Fenster, schüttelt den Kopf. Auf die Frage von Max, was los sei, antwortet sie nicht.
Sie kann sich nicht mehr allein an- und ausziehen.

«Nächste Woche werde ich die Orientierung vollständig verloren haben», sagt Anna.
«Nein, nein, du wirst sehen, es wird wieder besser gehen», sagt Max, glaubt selber nicht daran, sagt es, um seine eigene Verzweiflung zurückzudrängen. Endlose Korridore.

Max bleibt stehen. Unsicher. Welcher Spur folgen? Es ist schwierig, im Schnee die Orientierung nicht zu verlieren.
Zwar war es auch sonst nicht immer einfach, den Weg, der mitten durch die Weiden führt, zu finden. Mittlerweile kennt er sich aus, doch jetzt, im Schneefeld, ist die Orientierung wesentlich schwieriger. Die Landschaft wie verändert. «Nächste Woche werde ich die Orientierung vollständig verloren haben.»

Zerbrochen. Tausende von Scherben. Was hinter dir liegt, zerbricht. Es spielt keine Rolle, ob du es fallen lässt oder nicht. Oft scheinen dir die einzelnen Scherben schöner als das Ganze. Du spiegelst dich in einer und findest dich schön. Oder wenigstens interessant. Oder immerhin nicht so hässlich. Doch es gibt Splitter, an denen du dich schneidest. Sie lassen sich nicht wegräumen. Und du schneidest dich von neuem. Winzig klein wandern sie mit dem Blut durch deine Adern. Lange Zeit unbemerkt. Doch irgendwann, ganz unvermittelt, spürst du einen Schmerz. Die Splitter: so winzig und so schmerzhaft.

Max steht auf dem linken Bein, hebt den rechten Fuß etwas in die Höhe, löst mit klammen Fingern die Schnürsenkel, zieht den Wanderschuh aus, versucht, dabei nicht das Gleichgewicht zu verlieren. Er dreht den Wanderschuh um, leert den Schnee aus, kratzt den Rest heraus, wischt mit der Hand den Schnee von der Socke, immer auf dem andern Bein balancierend, zieht den Schuh wieder an. Uff!

Kein Applaus, dabei war die Nummer zirkusreif.

Jetzt dasselbemit dem linken Fuß.

Beinahe hätte er das Gleichgewicht verloren und wäre im Schnee gelandet. Dann hätte er von vorne anfangen können. Kommt davon, wenn man sich für einen Artisten hält! Zerbrochen …

Der Arzt in der «Insel» fragt sie, in welcher Stadt sie seien. «Berlin», antwortet Anna. Der Arzt fragt noch einmal. «Paris», antwortet Anna.

13

In der Gare de Lyon stiegen Max und Anna mit ihrem zweijährigen Sohn aus dem Zug. Stiegen aus, wie viele andere. Strömten mit vielen andern, die sie nicht kannten, die sie nie kennen würden, strömten mit Sack und Pack zum Ausgang, ihren Michael im Buggy.

Hing Musik in der Luft? Eine Musette? Oder Trommeln? Urwaldtrommeln?

Auf jeden Fall dröhnte der Straßenlärm, gellten Polizeisirenen, bellten Hunde, denn die Hunde sind überall, und die Ratten hört man nicht.

Kein Schnee, nicht Winter, im Gegenteil, es war Sommer. Ein blauer Himmel über den Dächern von Paris, oder es hing ein grauer Schleier, es regnete, nein, es regnete nicht. Die Menschen strömten zu den Bussen, zur Metro, zu den Vorortszügen.

Max stand in einer Zelle, telefonierte, rief Hotel um Hotel an, steckte Münze um Münze in den Apparat, doch besetzt, besetzt, kein Zimmer frei.

Er erinnerte sich an ein kleines Hotel auf dem Montmartre, in dem er vor Jahren übernachtet hatte, erinnerte sich zwar weder an seinen Namen noch den Namen der Straße, erinnerte sich nur, wo es ungefähr zu finden wäre.

Sie liefen die Treppen zur Metro hinunter. Mit Sack und Pack und Buggy und Sohn. Sie stritten sich kurz über irgendetwas, warfen sich böse Worte an den Kopf, wumm, weil sein Magen sich vor dem Ungewissen zusammenzog, zuckte, flatterte, und ihr Magen ...

Das war schon verrückt, die Wohnung in Bern zu kündigen und einfach loszuziehen, über die Grenze, denkt Max im Schnee, auf dem Weg zu Anna. Aber damals waren sie jung. Und im Grunde genommen überschreitet man im Leben dauernd Grenzen. Selbst wenn man es nicht wahrnimmt, selbst wenn man glaubt, sich im Alltagstrott eingesponnen, sich in seinen lieb gewonnenen Gewohnheiten eingeigelt zu haben. Das Leben ein Grenzfluss. Und du stapfst durch den Schnee.

Max fand das Hotel in der Rue Tholozé, einer schmalen, steilen Straße oberhalb des Moulin Rouge. Eine Dame in babyblauem Morgenmantel, Zigarette mit vom Lippenstift rot verschmiertem Filter schräg im Mund, musterte ihn mit Frau und Kind von oben bis unten; verlangte dann, dass sie erst für das Bett des Kindes einen Plastikbezug kaufen gehen, denn sie wolle kein Pipi in der Matratze.

Max hatte gut beteuern, dass der Kleine sichere Windelhöschen trage und nichts ins Bett rinnen könne, sie bestand auf dem Plastikbezug, rief eine Frau aus dem oberen Stockwerk, die mit tiefer, männlicher Stimme antwortete, dass Max sich schon wunderte, wieso die Hoteldame sie mit einem weiblichen Vornamen rief, und hätte die Herbeigerufene nicht große Brüste gehabt, hätte er sie vom Aussehen her für einen Mann gehalten. Die Hoteldame gab ihr den Auftrag, auf Rechnung des Gastes beim Monoprix einen Plastikbezug zu kaufen.

Nachdem Max der Hoteldame noch hoch und heilig hatte versprechen müssen, dass der Kleine schön ruhig sei und in der Nacht nicht schreie, schob sie ihm einen Anmeldeblock hin.

Anna schwieg, sie sprach kaum Französisch. Aber ihr Gesicht sagte genug.

Das Bett war vortrefflich, es stöhnte vor Altersschwäche, wenn man sich darauf nur ein klein bisschen bewegte. Dies ersparte einem, selber zu stöhnen.

Am andern Morgen wurden sie in aller Frühe durch das Gekläff eines Hundes geweckt. Später, Max und Michael waren bereits aufgestanden, Anna lag noch im Bett, hörten sie jemanden die Treppe hoch poltern, es klopfte an die Zimmertür, und schon stürmte die Hoteldame mit ihrem schwarzen Köter, der wieder wie ein Verrückter zu bellen anfing, ins Zimmer, wo sie sich, eine Zigarette mit vom Lippenstift rot verschmiertem Filter schräg im Mund, mit verschränkten Armen umschaute, ob ihre Gäste nicht etwa gegen ihr ausdrückliches Verbot hier oben kochen würden.

Sie sah zwei Hosen, Unterhosen und Kniesocken von Michael, die beim Fenster zum Trocknen hingen. Der Kleine hatte am Vortag den schönsten Durchfall gehabt, dass es ihm nur so die Beine hinunter gesaftet war, als er gerade im Einkaufswagen eines Supermarktes saß.

Es werde nicht geduldet, dass im Zimmer Wäsche gewaschen werde! Wenn das jeder machen würde! Das gebe Risse in die Wand und verursache ihr hohe Kosten! Ob die Gäste sich vielleicht einbildeten, sie, die Patronne, könne laufend die Wand neu streichen lassen!

Max starrte die Wand an, von der die Farbe abblätterte, als sei sie in ihrem letzten Herbst, starrte zur Fensterbank, die abbröckelte, schaute sich in dieser lausigen Bude um, die sie voll Größenwahn Hotelzimmer nannte. Langsam stieg es in ihm hoch und er wurde gallig, warf sie zum Zimmer hinaus.

Als er später beim Empfang vorbeiging, war sie plötzlich sehr höflich zu ihm, stinkhöflich.

Max wünschte nur, so schnell wie möglich von hier wegzukommen.

14

Eine Kollegin vom Theater hatte Anna die Adresse ihrer Tante, Madame Ionesco, gegeben, einer Rumänin, die mit geschiedener Tochter und zwei Enkelkindern bei der Porte de Clichy wohnt und bereit sei, uns ein Zimmer zur Verfügung zu stellen, bis wir eine Wohnung gefunden hätten. Ich gehe mit Michael zu ihr hin, während Anna – muss ich denn unbedingt mitkommen? – einen Warenhausbummel unternimmt.

Madame Ionesco empfängt mich äußerst freundlich, erklärt sich bereit, ein Zimmer für uns zu räumen, wenn auch gerade Besuch von zwei Schwestern aus Rumänien hier sei, die Familie müsse ganz einfach in den übrigen Zimmern zusammenrücken.

«Und wie lange möchten Sie das Zimmer beanspruchen?», fragt sie.

«Nun, das kann ich jetzt noch nicht wissen … so lange, bis wir eine Wohnung gefunden haben.»

«Das kann lange dauern», meint Madame Ionesco und seufzt. «Man weiß nie. Aber das macht nichts. Das Zimmer steht Ihnen zur Verfügung.»

«Vielen Dank! Das ist nett von Ihnen.»

«Nur sollte man eine gewisse Zeitspanne vereinbaren.

Gut, gut, von mir aus können Sie das Zimmer für einen Monat haben, und dann schaut man weiter.» Und Madame setzt ein besonders freundliches Lächeln auf. Sie fragt, welchen Preis ich mir vorgestellt habe.

Naiv wie ich war, hatte ich mir, als es in Bern hieß, sie stelle uns ein Zimmer zur Verfügung, gedacht, es sei sozusagen umsonst, eine Einladung. Ich lasse mir nichts anmerken. Ich weiche aus, frage, was sie sich gedacht habe. Sie lächelt.

«Ich mache Ihnen einen Freundschaftspreis. Sagen wir, 2500 Francs im Monat.»

Ich setze ebenfalls ein Lächeln auf, das auf der Stelle gefriert.

«Man kann darüber reden», sagt sie. «Wie viel haben Sie sich denn gedacht?»

«Nun, wir suchen eine 3-Zimmer-Wohnung für höchstens 1500 Francs im Monat, wir können unmöglich zweitausendfünfhundert für ein einziges Zimmer bezahlen, so viel Geld haben wir nicht.»

Sie lächelt. «Man kann ja noch darüber reden. Aber ich muss auch mein Leben verdienen. Das Leben ist sehr teuer hier, leider. Die Metro hat erst kürzlich aufgeschlagen, und die Wohnung allein kostet mich schon 1800 Francs!»

Donnerwetter, die ist nicht schüchtern! Bezahlt 1800 Francs für die ganze Wohnung und will von uns für ein Zimmer aus Freundschaft 2500 Francs.

Sie lächelt.

«Man kann darüber reden. Wie viel bezahlen Sie im Hotel?»

«50 Francs die Nacht.»

«Ah! Gut. Aber haben Sie im Hotel eine Dusche? Bei mir können sie die Dusche benutzen und in der Küche ein Essen kochen, Frühstück, Mittagessen, Abendessen, alles. Und das Gas ist nicht billig. Und sie können mit mir und meinen Verwandten jederzeit im Wohnzimmer fernsehen.

Na schön, ich verstehe, junge Familie, nicht viel Geld, und ich bin bereit, Ihnen das Zimmer für 1600 Francs im Monat zu überlassen.»

«Ich möchte das Zimmer lieber nur für einen halben Monat mieten. Bis dahin werden wir bestimmt eine Wohnung finden.»

«Na schön, gut, einverstanden, 900 Francs für einen halben Monat, und wenn Sie bis dahin nichts gefunden haben, kann man weiter schauen, mit einem halben Jahr müssen Sie mindestens rechnen, das weiß ich aus Erfahrung, glauben Sie mir».

Ich schlucke noch einmal leer, sage zu, keine Lust, auch noch ein anderes Hotelzimmer zu suchen, und Anna will lieber früher als später dort raus.

Sie ziehen mit Sack und Pack zu Madame Ionesco.

Im Treppenhaus stinkt es fürchterlich nach Katzenpisse und Katzenscheiße, dass ihnen beinahe übel wird.

15

Nach einer Woche haben sie eine Wohnung gefunden. Nachdem Max jeden Morgen den Figaro gekauft hat, weil darin am meisten Wohnungsanzeigen stehen, nachdem er unzählige Male telefoniert hat, nachdem sie ein paar Wohnungen besichtigt haben, nicht berücksichtigt worden sind, nachdem sie die Moral an einer Hundeleine hinter sich her gezerrt haben, finden sie ganz plötzlich eine Wohnung mitten in Paris, direkt hinter den Grands Boulevards.

Die Wohnungsbesichtigung ist an einem Samstag um 12 Uhr. Max und Anna gehen mit Michael eine Stunde vorher hin, damit sie diesmal die ersten sind, das ist wichtig, das haben sie mittlerweile gelernt.

Sie sind tatsächlich die ersten. Langsam bildet sich eine Schlange die Treppe hinunter. Begleitet von ihrem Freund kommt etwas nach zwölf eine junge Angestellte der Hausverwaltung, die im Auftrag der Besitzerin die Eigentumswohnung vermietet. Wer zuerst da ist, besichtigt zuerst.

Die drei Zimmer sind zwar mit schwarzen Möbeln eingerichtet und wirken ziemlich düster, doch Max und Anna sagen gleich zu, bevor ihnen jemand anderes zuvorkommt.

Die junge Angestellte zögert. Max und Anna sind Ausländer, freischaffende Künstler obendrein.

Der Freund der jungen Angestellten, ein Algerier, Buchdrucker, wie Max später von ihm erfährt, redet ihr zu, ihnen die Wohnung zu geben, das sei doch kein Problem.

Sie nickt schließlich, verlangt die Anzahlung einer Monatsmiete. Max hat nicht daran gedacht, hat zu wenig Geld bei sich, nur Reisechecks, die sie nicht akzeptiert. Er fragt, ob er nicht am Montag im Büro vorbeikommen und bezahlen könne, die Banken sind am Samstag geschlossen. Sie verneint, sie müsse die Anzahlung sofort haben.

Ihr Freund bietet Max an, ihn im Auto zur Gare du Nord zu fahren, dort könne er die Reisechecks einlösen. Unterwegs gibt er Max seine Privatadresse, falls sie Probleme hätten, könnten sie sich jederzeit an ihn wenden, unter Ausländern müsse man solidarisch sein.

Max ist gerührt, vor allem, da sie ja nicht aus dem armen Süden kommen und ohne Not über die Grenze gegangen sind.

16

Der Lieferwagen, worin die Habseligkeiten von Anna und Max verstaut sind, steht im Jura an der Grenze von Les Verrières. Ein Bruder von Max am Steuer. Er selber hat keinen Führerschein. Der französische Zöllner schaut die Umzugsliste an, schaut noch einmal die Umzugsliste an, sagt dann, es fehle eine Bestätigung von der Einwohnerkontrolle, dass sie bisher in Bern gewohnt und sich jetzt dort ordentlich abgemeldet haben. Max entgegnet, dass er nicht gewusst habe, dass er so eine Bestätigung haben müsse. Der Zöllner schüttelt den Kopf, es tue ihm leid, aber ohne Bestätigung könne er ihn nicht einreisen lassen. Es tue ihm wirklich leid, aber es fehle ganz einfach diese Bestätigung. Da könne er nichts machen, wenn er ihm auch glaube, aber es fehle diese Bestätigung, und die Vorschrift sei eindeutig, die Vorschrift sei Vorschrift.

Max schlägt vor, der Zöllner solle die Einwohnerkontrolle in Bern anrufen und sich bestätigen lassen, dass sie tatsächlich in Bern gewohnt und sich dort abgemeldet haben, er werde selbstverständlich das Telefongespräch bezahlen.

Da Max die Nummer nicht kennt, schickt der Zöllner ihn zurück zum hundert Meter entfernten Schweizerzoll, dort stehe eine Telefonzelle, er könne die Nummer aus dem Telefonbuch heraussuchen.

Max geht also zu Fuß wieder über die Grenze. In der Zelle gibt es kein Telefonbuch von Bern, nur eines vom Kanton Neuenburg, eines von Genf und eines von Zürich. Max rauft sich die Haare.

Er ruft schließlich den Auskunftsdienst an, marschiert mit der ins Notizbuch geschriebenen Nummer wieder über die Grenze.

Der französische Zöllner lässt sich von der Einwohnerkontrolle in Bern alles bestätigen, lässt sich versprechen, dass sie ihm die schriftliche Bestätigung per Eilbrief zustellen. Und dann gibt der Zöllner – ausnahmsweise – die Straße frei.

17

Die Fenster von Küche und Bad gehen auf einen Lichtschacht, auf Höhe ihres Stockwerks mit einer Milchglasscheibe abgeschlossen, mitten drin ein gezacktes Loch. Max schaut hinunter, sieht eine junge Frau, sitzend, die Hose in den Kniekehlen. Er zieht rasch den Kopf zurück.

«Was ist?», fragt Anna.

«Ach – nichts», antwortet Max.

Von den drei Zimmern aus sieht man auf den Hinterhof mit Werkstätten, ein schmales Glasvordach mit zerbrochenen Scheiben, Kopfsteinpflaster, darin zwei Schienen, hinten ein kleiner, verrosteter, umgekippter Warentransportwagen, eine kahle Wand mit vergitterten Fenstern, Dächer, Schornsteine, Fernsehantennen.

Eine Fliege surrt im Zimmer umher, surrt um seinen Kopf, surrt um seinen Kopf. Max schlägt nach ihr, blindlings, schlägt in die Luft. Die Fliege surrt im Zimmer umher, surrt. Lässt ihm keine Ruhe, lässt ihn keinen vernünftigen Gedanken zu Papier bringen, jetzt, wo er endlich Ruhe hätte, Michael schläft. Surrt im Zimmer umher, dreht wie zum Hohn scharf über seinem Kopf ab, als wüsste sie, dass er sie nicht erwischen würde.

Er nimmt eine Zeitung, die Zeitung wird zur Waffe. Die Fliege sitzt am Wandschrank. Er nähert sich, die Zeitung in der Hand. Er holt mit der Zeitung in der Hand aus. Die Fliege hebt ab. Max schlägt nach ihr im Flug, obwohl er weiß, dass es sinnlos ist.

Plötzlich ist das Surren verstummt. Max schaut auf den Teppich, kniet sich hin. Sie surrt im Zimmer umher, surrt umher. Die verdammte Fliege macht ihn rasend. Sie setzt sich ganz oben auf den Fenstervorhang. Max pirscht sich mit Stuhl und Zeitung an. Er steigt auf den Stuhl. Er holt mit der Zeitung in der Hand aus. Die Fliege surrt aufgeregt im Zimmer umher.

Max schaut hinaus in den Hof. In einem Fenster gegenüber brennt Licht. Er sieht einen nackten Hintern zwischen nackten Knien unter dem offenen Fenster auf und ab schnellen, sieht nur den nackten Hintern, die nackten Knie.

18

Klirren von Glas. Und das Aufschlagen eines harten Gegenstandes auf dem gepflasterten Hof. Max springt aus dem Bett. Jemand schreit.

Unten im Hof steht ein alter Mann, fuchtelt mit den Fäusten in der Luft und schimpft wütend. Auf dem Kopfsteinpflaster eine Lokomotive mit abgebrochenem Vorderrad, Glasscherben. Die Lokomotive muss durch das Glasvordach der gegenüberliegenden Werkstatt gefallen sein.

Max schaut Michael an, der unschuldig lächelnd neben ihm steht. Max muss sich wohl oder übel anziehen, wohl oder übel in den Hof hinunter gehen, während Anna sich im Bett auf die andere Seite dreht.

Na, so schlimm ist es nicht wie bei jener Dampflokomotive, die in der alten Gare Montparnasse, einem Kopfbahnhof wie alle größeren Pariser Bahnhöfe, mit Volldampf den Rammbock am Ende des Gleises einfach zur Seite schob, das Gleis verließ, in der Bahnhofshalle mitten durch die schreienden Reisenden, die davon stiebenden Gepäckträger, die kreischenden Schuhputzer, Blumen- und Zeitungsverkäufer, Clochards,

Ganoven, Zeittottreter und Polizisten dampfte, die Glasfront durchbrach und erst draußen auf der Straße zum Stillstand kam, so schlimm ist es nicht und auch nicht so spektakulär.

Der Hof ist leer. Max hebt die Holzlokomotive vom Boden auf, da streckt der alte Mann den Kopf aus dem Fenster einer düsteren Erdgeschoss-Klause, an deren Eingang «Jacques, Immobilien» steht, streckt den Kopf aus dem Fenster wie eine Ratte aus dem Loch, fängt wieder an zu schreien: «Ich habe Sie auf frischer Tat ertappt, ah, ah, sonst hätte es natürlich keiner sein wollen, ah! Der saubere Herr hätte den Schaden bestimmt nicht der Concierge gemeldet. Ah! Ich habe keine Angst vor Ihnen, keine Angst, ich bin Mitbesitzer des Hauses!»

Zwar gehört ihm weder die gegenüberliegende Werkstatt noch das Glasvordach, wie Max von der Concierge erfährt. Aber er ist Mitbesitzer. Er hat seine Gruft, sein Loch gekauft, der Immobilien-Jacques.

Als Max später den Besitzer der Werkstatt sieht und ihn auf den Schaden anspricht, macht dieser kein großes Aufheben darüber. Es seien eh schon mehrere Glasscheiben zerbrochen, nein, nein, Max müsse nichts bezahlen.

Polizeisirenen. Sonst ist vom Straßenlärm nur die Brandung zu hören. Manchmal schallt ein wütendes Hupkonzert durch die Nacht. Die Kreuzung muss wieder mal total verstopft sein. Wie oft hat Max sich schon über all die verstopften Kreuzungen geärgert; es kann ihm zwar egal sein, er sitzt ja nicht in diesem Verkehrssalat. Sie fahren los, wenn sie auch nicht mal über die Hälfte der Kreuzung, selbst wenn sie gerade noch mit dem Schlusslicht hinter die Ampel zu stehen kommen. Schließlich stehen sie von allen Seiten, lassen den Motor weiter laufen, stehen unter ihrer Benzinschwadenglocke.

Manchmal wird Max von röhrendem Motorradlärm aus dem Schlaf gerissen, und er wünscht dem Fahrer Hals- und Beinbruch. Wörtlich. Er kann diese lautstarke, jaulende Masturbation nicht ausstehen.

Max hört eine Frauenstimme singen, tritt ans Fenster. In der Dachwohnung gegenüber arbeiten Schneiderinnen von morgens früh bis spät in die Nacht. Die wehmütige Melodie, die Stimme erinnert ihn an etwas, wenn dieses Etwas ihm auch nicht bewusst wird. Eine unbestimmte Sehnsucht.

Es ist einer jener milden Sommerabende, wo alle Fenster offen stehen, fast alle Fenster. Sein Blick wandert weiter hinauf. Von den Schornsteinen, zwei langen, schmalen Rohren in der Abendsonne, spannen sich mehrere Drähte über das Dach, und einer hängt schlaff.

Plötzlich hat die singende Schneiderin ihn entdeckt, die Stimme bricht ab, das Fenster wird geschlossen, wird verhängt, bleibt seither geschlossen, nur die Nähmaschinen sind zu hören, niemand singt mehr.

19

Draußen an die Wohnungstür hat Anna ein Plakat gehängt, damit das Treppenhaus weniger düster wirke, es ist eine Manie von ihr, alles verschönern zu wollen. Auf dem Plakat die Berliner Mauer, davor ein Handwerker, neben ihm ein Fixer, eine biedere Hausfrau mit Hündchen und eine vollschlanke, junge Frau, die die Zunge herausstreckt und den nackten Hintern zeigt, die Unterhose in den Kniekehlen. Ein Werbeplakat für Westberlin.

Sie kommen von einem Ausflug zurück; auf dem Plakat klebt ein blaues Zettelchen über dem nackten Hintern der jungen Frau, so wie früher auf den Aushängefotos der Kinos die Sternchen über den nackten Brüsten. Anna stutzt, nimmt das blaue Zettelchen weg.

Später verlässt Max noch einmal die Wohnung, um in der nahe gelegenen Bäckerei eine Baguette zu kaufen, wieder klebt ein Papierfetzen über dem nackten Hintern, diesmal weiß und bedeutend größer.

Max entfernt auch diesen Keuschheitsgürtel.

Als er kurz darauf an der Loge der Concierge vorbeigeht, streckt sie den Kopf aus dem kleinen Fenster, bittet ihn, einen Augenblick stehen zu bleiben.

Sie senkt die Stimme, flüstert beinahe, seine Nachbarin hätte sich über das Plakat entsetzt und sich bei ihr beschwert, sie sei daraufhin hochgestiegen und müsse ebenfalls sagen, es sei wirklich nicht so ganz, na ja, es sei vielleicht, aber er würde schon verstehen, es sei, obwohl es ihr bis jetzt noch gar nicht aufgefallen sei, aber er solle doch so freundlich sein und es wegnehmen.

 Max steigt wieder die Treppen hoch, klopft bei den Nachbarn an, tock, tock. Die Nachbarin, eine Griechin, öffnet die Tür nur einen Spalt breit. Er sagt sauer lächelnd, es scheine, dass das Plakat sie störe. Sie täuscht vor, kein Französisch zu sprechen – die Concierge versteht bestimmt kein Griechisch – und bittet ihn, wieder zu kommen, wenn ihr Mann zurück sei, er sei jeden Augenblick zurück.

Kaum hat Max jemanden die Treppen hochsteigen gehört, klopft er an, tock, tock.

Der Nachbar sitzt bereits an der Nähmaschine. Er näht in Heimarbeit Schottenröcke, die diesen Winter wieder mal große Mode werden sollen. Von ihrer Wohnung aus hören Max und Anna entweder das Schnurren der Nähmaschine oder das Schnarchen des Ehepaars, die Geräusche sind gar nicht richtig zu unterscheiden, das geht so Tag und Nacht und wird nur manchmal in der Nacht von einem hingebungsvollen Stöhnen der Nachbarin unterbrochen.

Der Nachbar bittet Max herein, bittet ihn, Platz zu nehmen, heißt seine Frau, Kaffee zu kochen und den Aperitif zu servieren, den sie persönlich aus Griechenland mitgebracht haben. Max kann nicht ablehnen.

Der Kaffee knirscht zwischen seinen Zähnen wie Sand, der Aperitif ist ein süßklebriges Gesöff; soll er ihm den Schnabel zukleben?

Sie kommen auf das Plakat zu sprechen. Der Nachbar sagt, es sei nicht so, so hübsch, wirklich nicht so, und ob es nicht etwas Verbotenes sei. Er klärt Max auf, sie seien, wenn auch nicht mehr die Jüngsten, frisch verheiratet, Max müsse seine, des Nachbarn Frau, verstehen, zudem hätten sie zwei kleine Mädchen und die müssten jeden Tag an diesem Plakat vorbei, würden es sehen, womöglich noch Fragen stellen.

Die Lämmchen gehen zwar in einer Straße in den Kindergarten, wo nicht nur in der Nacht die Lichter blinken, drehen, locken, wo spärlich bekleidete Frauen schon vormittags auf und ab stöckeln oder sich gegen eine Hauswand lehnen, sich Sexshop an Sexshop reiht. Wenige Schritte von hier an den Grands Boulevards sieht man große Kinoplakate, auf denen die Krankenschwester nur mit Häubchen und durchsichtigem Höschen bekleidet dem Patienten den Fiebermesser bringt.

Max verspricht, das Werbeplakat für Westberlin wegzunehmen, da es schockiere, und sie neu, die Nachbarn aber schon länger hier wohnen, er hätte es jedoch vorgezogen, wenn sie direkt zu ihnen gekommen wären, anstatt zur Concierge zu laufen.

Jahre später fahren Anna und Max mit dem Fahrrad in Berlin von West nach Ost und von Ost nach West, fahren unzählige Male über die ehemalige Grenze, zuweilen auf dem Boden eine Markierung oder eine Tafel, dort, wo die Mauer stand. Zuweilen fragen sie sich, wo genau denn die Mauer verlief, wundern sich und sind auch leicht betroffen, dass sie damals die Mauer einfach als gegebene Tatsache betrachteten, unumstößlich, bereits eine Touristenattraktion, womit auf Plakaten Werbung für den Besuch von Westberlin gemacht wurde, obwohl immer noch tödliche Schüsse fielen, wundern sich jetzt, wie schnell sie mit dem Rad vom Bahnhof Friedrichstraße in Kreuzberg sind. Beim Check Point Charly posieren Touristen, lächeln für das Erinnerungsfoto.

Max stapft durch den Schnee. Neue Mauern sind errichtet worden, Grenzzäune.

Grenzfluss, gestaut in den Köpfen.

Sie binden mit Plastiksäcken Äste zu einer Leiter zusammen, klettern daran den drei Meter hohen Zaun hoch. Oben lassen sie sich dann über den Stacheldraht rollen und hinunterfallen. Völlig erschöpft kommen sie in Melilla an, der spanischen Enklave, mit zwei Zäunen von Marokko getrennt. Kommen endlich in Europa an, falls sie sich beim Sprung nicht tödlich verletzt haben. Hinter ihnen eine strapaziöse Reise auf der Suche nach einem besseren Leben; einem Traum.

Die hohen Wachttürme, die Polizei, die Grenzzäune schrecken sie nicht ab. Zu Hunderten stürmen sie dagegen an.

20

Max hat nach der Aussprache mit dem Nachbar das Plakat von der Wohnungstür entfernt, wenn auch Anna nicht zufrieden ist. Anna, die Berlin nach Paris geholt hat, das rotzfreche Berlin ins düstere Treppenhaus der Lichterstadt, der Stadt der Liebe, aus der Anna und Max mit Michael im Buggy immer wieder in die Wälder entfliehen und manchmal weiter, wenn der Westwind, vom Meer flüsternd, lockt. Und der Westwind lockt fast jeden Tag.

Der Zug fährt ohne anzuhalten bis Rouen, wo sie früher einmal eine Jungfrau verbrannt hatten, Johanna genannt, die später heiliggesprochen und in die Schulbücher aufgenommen wurde. Im Gegensatz dazu schaffte es die Jungfrau vor der Mauer, die ihren nackten Hintern zeigte, die Unterhose in den Kniekehlen, nur auf ein Plakat. Vom Scheiterhaufen der französischen Nationalheiligen ist vom Zug aus nichts mehr zu sehen, dafür qualmende Fabrikschlote und der Grenzzaun einer ausgedehnten Industrieanlage. Papierfetzen hängen am Zaun.

Der Zug hält anschließend in Yvetot und danach in Bréauté-Beuzeville, wo Anna und Max mit Michael in einen klapprigen Bus umsteigen müssen. Es ist bereits Abend, als sie in Fécamp ankommen. Sie werfen einen flüchtigen Blick auf den Fischer- und den kleinen, hässlichen Industriehafen, schauen vom Kieselstrand hinaus aufs offene Meer. Die Grenze fließend ... verschiebt sich unaufhörlich mit den Wellen und weit mehr noch mit Ebbe und Flut, hier am Ärmelkanal stark ausgeprägt.

Sie übernachten in einem kleinen Hotel, wo sie auch zu Abend essen. Zur Vorspeise einen halben Taschenkrebs mit Mayonnaise, mit einer Zange brechen sie ihm die Beine auf, so wie sie es vom Nachbartisch abgeguckt haben, stochern mit einer Spezialgabel die weißen Fleischhäppchen heraus. Sie haben kaum die Fingerspitzen abgewischt, steht eine frittierte Scholle auf dem Tisch. Sie begießen mit reichlich trockenem Weißwein, denn Fisch will schwimmen, und bereits dieser Fremdling, der Taschenkrebs, musste tüchtig begossen sein, damit er weniger fremd wirkt.

In der Nacht bekommt Max Magenkrämpfe. Er schleppt sich zum Waschbecken, übergibt sich. Der Wind rüttelt am Fenster, Regen prasselt gegen die Scheiben.

Mit pochendem Schädel wacht er am andern Morgen auf, schluckt gleich zwei Tabletten. Als er das Fenster öffnet, ist ein strahlender Herbsthimmel zu sehen. Das Zimmer befindet sich mitten im Dach zu einem kleinen Innenhof. Max streckt den Kopf an die frische Luft, atmet tief ein. Sein Blick stockt. In der Dachrinne unter ihm klebt sein Erbrochenes der letzten Nacht. Max reibt sich die Augen, fragt sich, wie das dorthin gelangen konnte. Es vergeht eine Weile, bis er den Sachverhalt kapiert. Das Abflussrohr des Waschbeckens führt einfach hinaus aufs Dach.

Mit immer noch leichtem Schwindelgefühl verlässt Max zusammen mit Anna und Michael das Hotel. Im Fischerhafen sind Männer dabei, Kisten voll Jakobsmuscheln mit einer Seilwinde von einem Kutter an Land zu hieven.

Fröhliches Lachen von Michael. Max hebt den kleinen Jungen hoch, küsst ihn, wirbelt ihn herum, dass dieser vor Freude jauchzt.

Sie nehmen den nächsten Bus nach Étretat.

21

Alle Hotels besetzt. Sie sind schon über zwei Stunden mit Michael im Buggy in Étretat umhergeirrt. Englische Schülergruppen strömen durch die Straßen. Vor dem geschlossenen Touristenbüro schreibt Max vom Anschlag die Adressen von Zimmervermietern in der Umgebung ab, betritt die nächste Telefonzelle. Ja, da ist noch ein Zimmer frei, auf einem Bauernhof.

«Ist doch schön für Michael, ein Bauernhof», sagt Anna. Sie breiten die Landkarte aus, finden nach langem Suchen den Weiler; schätzungsweise sieben Kilometer entfernt. Sie nehmen das Gepäck auf, machen sich auf den Weg. Die kleine Straße ist erst asphaltiert, verwandelt sich dann, nachdem sie an einem Bullen vorbeigekommen sind, der sie böse anglotzt, zum Glück aber mit einem Seil durch den Nasenring an einen Pflock gebunden ist, in einen Feldweg, auf dem der Buggy hin und her hüpft. Plötzlich eine Gabelung.

Welche Richtung sollen sie jetzt einschlagen? Auf der Karte ist kein zweiter Weg eingezeichnet, gibt es keine Verzweigung. Anna überlässt Max die Entscheidung. Also nach links. Seine Zweifel werden bald schon immer größer, die Schritte entsprechend kleiner. Zum Glück taucht auf einem Traktor ein Bauer auf. Dieser kennt den Bauernhof, beschreibt Max den Weg. Geradeaus, dann links, dann rechts und wieder rechts, geradeaus, links und immer geradeaus, links durch ein Wäldchen, dann würden sie direkt zu diesem Bauernhof gelangen.

Max bedankt sich, sie gehen weiter, Max mit einem unguten Gefühl, er weiß schon gar nicht mehr, wo links, wo rechts. Seitlich sehen sie in einiger Entfernung Autos auf der Landstraße flitzen. Diese Straße führt ebenfalls zum Weiler, und so schreiten sie querfeldein darauf zu, Max mit Michael auf den Schultern. Es macht zwar keinen Spaß, auf der großen Straße zu gehen, aber wenigstens sind sie sicher, anzukommen.

Als sie endlich den Weiler erreichen, dämmert es bereits. Im Krämerladen erkundigt sich Max erneut nach dem Bauernhof. Der liege etwa eine Viertelstunde Fußmarsch außerhalb von hier. Max kauft eine Taschenlampe, die sie, wie sich gleich zeigen wird, bitter nötig haben werden.

In der Ferne heulen die Hunde. Es ist stockdunkel und ziemlich kalt geworden.

Endlich sehen sie ein Licht, das aus einem Fenster fallen muss.

Eine böse Ahnung beschleicht Max. Er will aber Anna lieber nichts sagen. Man hätte kein Zimmer zu vermieten, würde ihnen bescheiden, dass niemand angerufen habe. Wo sollten sie um diese Zeit hin? Während in Paris noch reger Abendverkehr herrscht, Autos nur im Schritttempo vorankommen, Menschen sich auf den Gehsteigen schubsen, scheint hier auf dem Land bereits tiefste Nacht zu sein, sobald es finster wird. Allein mit Anna und Michael und ohne Unterkunft wird Max richtig bange. Nur ein Licht in der Ferne.

22

Sie kommen näher, können bereits das einstöckige Wohnhaus schemenhaft erkennen, aus dessen Fenstern im Erdgeschoss das Licht fällt.

Etwas später klopft Max an die Haustür.
Nichts rührt sich.
Max klopft noch einmal.
Nichts. Alles still.
Anna schaut Max fragend an. Er zuckt mit den Achseln, stößt die Luft hörbar aus den Nasenlöchern.

Gerade als er noch einmal anklopfen will, wird die Tür geöffnet.

Eine junge Frau in Bluejeans steht im Flur. Die Mutter sei nicht da, aber sie sei informiert, werde ihnen gleich das Zimmer zeigen.

Sie führt sie eine spärlich beleuchtete Treppe hinauf in ein großes, kaltes Zimmer mit Doppelbett. Ob ihnen das Zimmer zusage?

«O ja, sehr schön», sagt Max, ohne sich lange umzuschauen. Wo sollten sie sonst hin?

Sie schlüpfen mit den Kleidern unter die Decke, um nicht zu frieren. Michael und auch Anna sind bald darauf eingeschlafen. Max löscht das Licht.

Stapft durch den Schnee. Grenzfluss.

Am nächsten Morgen bekommen sie in der guten Stube das Frühstück von der Bäuerin serviert, die sich ebenfalls eine Tasse Kaffee eingießt und sich zu ihnen setzt. Sie zeigt sich sehr interessiert, als sie erfährt, dass Max schreibt. Sie sagt, alle

Dichter seien doch im Grunde genommen Propheten, und prompt sollte Max sich über die Zukunft dieser Welt auslassen.

Donnerwetter, wer wäre nicht gerne Prophet, aber es fällt ihm nichts Gescheites ein, nichts Dummes, nicht mal eine Ausrede. Max murmelt schließlich, die Zukunft werde vielleicht, wahrscheinlich noch viele Probleme bringen, wenn man die Gegenwart betrachte, sei nichts Gutes zu erwarten, obwohl es heutzutage allgemein besser sei als früher und, obwohl er das Schwarze der Gegenwart sehe, an die Zukunft glaube, ansonsten er ebenfalls eine rosa Brille aufsetzen würde, denn gerade diejenigen seien die Pessimisten, die den Leuten die rosa Brille hinhielten, Sand in die Augen streuten und sie mit viel Herz und Gemüt und Freude einschläferten, anstatt sie aufzuwecken.

Max kommt sich bei diesem seinem Gebrabbel ziemlich lächerlich vor und schämt sich, hofft, die Bäuerin würde es mangelnden Französischkenntnissen zuschreiben. Zum Glück holt sie Zeitungsausschnitte hervor und erzählt, hier in der Gegend sei eine Geschichte passiert, die sich vielleicht für die Literatur eignen würde.

Es handle sich um den Besitzer dieses Landes und des Bauernhofes, dessen Pächter sie seien, übrigens müsse sie ihre neunzig Kühe ganz alleine melken, dafür aber nehme sie jetzt in Fécamp einen Englischkurs, obwohl sie gegen die fünfzig gehe und wahrscheinlich nie nach England fahren werde, die Kühe … wegen den Kühen nehme sie den Englischkurs natürlich nicht, die würden immer noch Französisch verstehen, es gehe ihr hauptsächlich darum, ein bisschen der Einsamkeit zu entfliehen, die Tochter, die ihnen gestern geöffnet habe, studiere in Paris und sei nur zuweilen am Wochenende hier. Da könne es einem, vor allem im Spätherbst und Winter, wenn es schon so früh dunkel werde und sich außerdem Nebel auf das Land lege, der Mann von früh bis spät draußen auf dem Feld arbeite und sie allein im Hof zurückbleibe, schon richtig einsam werden. Und eigentlich wohne man ja an der Grenze zu England, nur der Ärmelkanal dazwischen, es würden auch etliche Engländer herüberkommen, vielleicht auch mal hier bei ihnen übernachten. Aber darum gehe es ihr nicht. Im Grunde genommen sei die Sprache die stärkste Grenzschranke, überall. Jetzt habe sie den Faden verloren. Ach ja, sie habe vom Besitzer des Bauernhofes erzählen wollen, dem ja auch das Land hier im ganzen Umkreis gehöre. Sein Sohn habe ebenfalls die Grenze überschritten, nur auf eine andere Art und Weise.

Der alte Herr sei seit einiger Zeit krank gewesen, sein Sohn habe ihn zu Hause Tag und Nacht gepflegt, der habe niemanden an das Krankenlager gelassen. Schließlich musste der alte Herr als Notfall ins Krankenhaus eingeliefert werden, wo er sich bald schon recht gut erholte, plötzlich aber wieder eine rapide Verschlechterung erlitt.

Den Ärzten war ein Rätsel, weshalb es dem Patienten trotz all ihrer Bemühungen immer schlechter ging. Die Ärzte schöpften Verdacht, verständigten die Polizei. Die nahm den Sohn des alten Herrn in die Zange.

Nach ein paar Stunden brach er zusammen, gab zu, dass er, nachdem er schon zu Hause dem Vater ein Medikament gegeben hatte, das dessen Zustand langsam verschlechterte, sich als Pfleger verkleidet ins Krankenhaus einschlich, um den Vater sachte, schön unauffällig ins Jenseits zu spedieren, da er endlich Geld und Ländereien dieses Geizkragens erben wollte.

Der Sohn sitze jetzt in Rouen im Gefängnis, während es dem Vater wieder besser gehe.

Es würde ihn schon hart ankommen, in einer Gefängniszelle zu sitzen, schloss die Bäuerin, wo er doch so gerne den ganzen Tag lang durch die Wälder ritt.

Ein Bekannter der Bäuerin fährt in einem verbeulten Blechsarg mit Motor, einem Döschwo (Citroën 2 CV), vor, nimmt etwas später Anna, Max und Michael nach Étretat mit.

Sie schlendern über die Strandpromenade. Hinter den Fenstervorhängen des Casinos die Schatten von Tanzpaaren. Walzermusik weht über die leeren Stühle und Tische der Terrasse, geht in der Brandung unter. Etwas weiter vorne huscht ein blaues Licht über die Strandpromenade, verschwindet, um gleich darauf wieder vorbeizuhuschen, und wieder und wieder. Sie nähern sich. Ein Ambulanzwagen mit drehendem Blaulicht steht auf dem Parkplatz. Sanitäter und drei Polizisten bemühen sich um einen auf dem Boden liegenden Mann. Seine Frau steht hilflos daneben. Die Polizisten reichen einander, ebenfalls hilflos, wie es scheint, die Infusionsflasche mit Schlauch weiter.

Es ist kalt geworden. Max und Anna betreten mit Michael ein Café in einer Nebenstraße. Kleine Kinder tollen zwischen den Stühlen herum. Plötzlich erscheinen die drei Polizisten, die sie am Strand gesehen haben, stellen sich an die Theke. Sie sind ganz ausgelassen, setzen den Kindern und der Frau am Zapfhahn ihre Polizeimützen auf. Einer von ihnen hält eine ausgebrannte Kippe schief in den Mundwinkel geklemmt.

Zerbrochen. Was hinter dir liegt. Und die Asche wirbelt hoch.

23

«Die Hölle, das sind die anderen», sagt der Kellner und wischt mit einem Lappen über den Tisch des Straßencafés im Quartier Latin von Paris. Und auf den erstaunten Blick von Max: «Sartre. – Was wünschen Sie, Monsieur?»

Max bestellt Kaffee. Eine Fliege krabbelt schräg über die Tischplatte.

Das Husten ist bis auf die Straße zu hören. Schließt wenigstens das Fenster! Max rührt in seinem Kaffee. Die schwarze Brühe schwappt über den Rand, kleckert auf den Tisch. Das Husten dort oben will nicht aufhören.

Max wischt mit einem Papiertaschentuch die Pfütze auf dem Tisch auf.

Eine junge Frau huscht aus einem Hauseingang. Ziemlich aufgedonnert; die Haare, die Schminke im Gesicht, die Kleider … Karneval? Ist nicht die Jahreszeit. Vielleicht Maskenball.

«Einen Arzt!», wendet sich die Frau an Max. «Einen Arzt», wiederholt sie und deutet mit der Hand nach oben zum offenen Fenster.

«Was hat sie denn?»

«Sie … sie … Und kaum zwanzig.»

Max schaut die junge Frau mit großen, verständnislosen Augen an.

«Sie … sie …» Die junge Frau hustet, rafft den Rock hoch und hastet davon. Der Kellner, der gerade einer Dame ein Eis serviert, wirft Max einen strafenden Blick zu.

«Was ist das?», fragt die Dame und zeigt mit dem kleinen Finger auf das Eis.

«Coupe Mimi, wie üblich.»

«Das Schirmchen?»

«Na ja.»

Der Kellner dreht sich um und beobachtet einen Mann, der mit einem Mantel auf dem Arm in einem Trödelladen steht.

«Schau, schau, dass sich unser Philosoph von seinem Mantel trennt», sagt der Kellner für alle an den Tischchen hörbar. «Müssen vollständig auf dem Hund sein, die Drei. Aber philosophieren, malen, dichten … Hab's ja kommen sehen. Eines Tages versetzt der den Mantel. Geh ich jede Wette ein. Hat mich ganz schön warten lassen, diese Nervensäge. Aber schließlich hab ich doch gewonnen. Philosophieren, dichten, malen …»

Zwei Schüsse knallen. Eine Taube flattert hoch. Max sieht gerade noch einen Mann auf dem Fahrrad um die Ecke flitzen.

«Schon wieder ein Dichter!», sagt der Kellner. «Wenn der nicht durch Paris radelt und herumballert, bombardiert er uns mit Schreiße von Vater Ubu. Die Leute mögens. Zugegeben, ist sehr amüsant, seine Schreiße. Also ich lach mich … Na ja.»

Ein Mann mit einer langen, spitzen Nase schreitet vorbei.

«Und schon wieder ein Dichter! Eine Epidemie! Was hat denn der hier auf dem linken Ufer zu suchen! Passen Sie auf, sagen Sie kein Wort über seine Nase.»

Die Spitznase dreht den Kopf. Der Kellner kriecht unter den Tisch. Sobald die Spitznase verschwunden ist, kommt der Kellner wieder hervor.

«Die werfen immer alles unter den Tisch! Und wir dürfen es einsammeln!» Er verzieht sich mit einem Brummen ins Innere des Lokals.

Die Schuhe schon wieder voll Schnee.
Die Socken nass.

Und Mimi stirbt. Es schneit. Dicke Flocken wirbeln vor dem Fenster der Dachkammer im Quartier Latin von Paris. «La Bohème». Max liebt diese Oper von Puccini. Und auch weitere Opern. Zum Glück versteht man die Texte meistens kaum, selbst wenn sie auf Deutsch gesungen werden.

Max stapft durch den Schnee. Die Socken nass. Aber er hat ja im Rucksack Ersatzsocken mitgenommen.

24

Der Westwind lockt, flüstert vom Meer. Auch im Dezember. Max und Anna fahren mit Michael nach Le Tréport. Das Fischerstädtchen mit seinen Schieferdächern wie aus dem Bilderbuch. Im Hafen sind bei Ebbe von den farbigen Fischerbooten nur noch die Masten zu sehen, einige Kutter sind auf einer Bank aus Schlick auf Grund gelaufen und schräg gekippt. In ein paar Stunden, bei einlaufender Flut, werden sie wieder schwimmen.

Die Grenze verschiebt sich unaufhörlich.

In der Nacht tobt ein Sturm, der sich erst gegen Morgen beruhigt. Auf der Straße liegen kindskopfgroße Steine, von den Wellen über die Mauer geschleudert. Max ist es wieder mal ganz elend und er hofft, die frische Luft werde ihm guttun. Ist es der Weißwein, sind es die Muscheln von gestern Abend, die Tabletten, die er gegen das Kopfweh geschluckt hat? Oder alles zusammen? So viel haben sie doch gar nicht getrunken. Und Anna spürt wieder einmal rein nichts.

Sie steigen auf die Steilküste, Michael im holpernden Buggy. Eine grüne Heidelandschaft unter grauem Himmel. Der Pfad wird immer schmaler. Ein Schritt nach links und das

Land hört ganz plötzlich auf, die Küste ist senkrecht abgeschnitten.

Weiße Kreidefelsen, der Strand tief unten, hundert Meter tiefer.

Möwen kreischen.

Sie schauen hinunter auf den zum Teil felsigen, zum Teil steinigen Strand. Es geht gegen die Ebbe, das Meer zieht sich immer weiter zurück, immer neue Felstafeln und Felsbrocken, grüne, zerfurchte Köpfe mit schiefen Mäulern tauchen auf, alles scheint unwirklich, eine Mondlandschaft.

Der Wind wird wieder stärker.

Plötzlich bemerkt Max, dass der Buggy nur noch drei Räder hat. Oh Mann! Verflixt und zugenäht!

Er geht zurück, findet das abgefallene Rad nach gut hundert Metern in einem Erdloch.

Am Abend, im Zug zurück nach Paris, fühlt sich Max immer noch sehr schwach, sitzt zusammengekrümmt neben Anna, sehnt sich nach dem Bett. Und Anna, von der Wanderung durchfroren, sehnt sich nach der Badewanne. Nur Michael ist quietschvergnügt.

25

Heiligabend in Paris. Kein Schnee. Dafür als Alternative zur Mitternachtsmesse gratis Freilichtstriptease auf der Place Pigalle. Zwar sind die Tänzerinnen nicht mehr die Jüngsten. Und unbefleckte Jungfrauen sind sie auch nicht mehr. Umso munterer hüpfen sie auf den Brettern der Bühne herum, die auf dem Platz aufgebaut worden ist, entblättern sich dabei hautnah bis auf die Haut vor den Nasen der Männer, die mit den Ellbogen um einen Stehplatz an vorderster Front gekämpft haben und mit nicht sehr weihnachtlichen Sprüchen die Darbietung kommentieren.

Vertreten sind alle Schichten, wenn auch «das Fußvolk» überwiegt, das die feinen Pinsel und die Touristen für einmal in den Hintergrund abgedrängt hat.

«Berühren verboten!», brüllt eine Stimme durch das Megaphon.

Die Damen auf der Bühne wissen sich auch so zu wehren. Sie hüpfen nicht nur, ein Knie landet zielsicher in einem äußerst empfindlichen Weichteil des Grapschers, dass dieser die Weihnachtsglocken klingen hört.

«Werden eigentlich die Schafe deshalb geschoren, damit die Böcke große Augen kriegen?», fragt Anna.

«Nur große Augen», entgegnet Max. «Aber die Böcke werden ja ebenfalls geschoren.»

«Ist nichts als gerecht!»

«Halleluja!»

Aber Anna stellt keine Fragen mehr, antwortet nicht mehr. Die Schuhe von Max voller Schnee, die Socken nass. Und wieder balanciert er auf einem Bein.

Eine britische Supermarktkette verkauft in der Weihnachtszeit abgepackte Sandwiches, die beim Öffnen Weihnachtslieder singen. Die Käufer sollen mit «Jingle Bells» in festliche Stimmung gebracht werden. Sollte das Konzept Erfolg haben, wird die Möglichkeit geprüft, Songs neuer Künstler durch das singende Sandwich bekannt zu machen.

Oje, denkt Max, auf einem Bein balancierend, um Schuhe und nasse Socken auszuziehen, oje, was da auf uns zukommt!

Künftig werden auf der Straße und im Zug nicht nur Handymelodien unsere Ohren verwöhnen, es werden uns auch noch Sandwiches in festliche Stimmung bringen, auf dass wir sehnlichst davon träumen, auf einen fernen Stern auszuwandern.

Die Wohnung voller Blumen, Max findet keine freie Vase mehr. Es ist Weihnachten, am Nachmittag sind mehrere Geschwister vorbeigekommen. Jetzt sind sie wieder allein. Anna liegt im Bett. Es ist noch nicht mal acht.
　Sie saß vorher unruhig auf dem Sofa, wie ein kleines Kind.
　«Musst du auf die Toilette?»
　Anna bejahte, Max fasste ihr unter die Schultern, zog sie hoch, ging mit ihr am Arm durch das Zimmer. Zu spät. Annas Hose war nass, das Sofa ebenfalls. Max versuchte, Anna zu trösten, es gehöre halt zu ihrer Krankheit. Doch sie will ins Bett.
　Nachdem Max das Sofa mit dem Föhn getrocknet hat, sitzt er in der Küche und weint. Es ist alles so hoffnungslos. Anna geht es immer schlechter. Und Max weiß nicht, ob sie den Winter überleben wird. Im Durchschnitt elf Monate, hatte der Arzt im Inselspital gesagt. Vielleicht auch nur drei.

Max erinnert sich, in seiner Kindheit war ihr Weihnachtsbaum an Heiligabend jeweils weiß geschmückt. Weiße Kerzen und Engelshaar. Das wurde an Weihnachten entfernt, die abgebrannten Kerzen wurden mit roten ersetzt. Der Baum blieb immer bis Neujahr in der guten Stube, danach wurde er vom Vater in der Küche im Holzofen verbrannt. Undank ist der Welt Lohn. Max erinnert sich, dass der Vater mit Max und seinen Geschwistern einem alten, armen Ehepaar, das in einem Häuschen unten an der Hauptstraße wohnte, manchmal einen kleinen Weihnachtsbaum brachte und sie dort Weihnachtslieder sangen. Obwohl sie selber in den Augen der meisten Leute arm waren, was die Mutter aber nicht gerne hörte; in Anbetracht von Vaters kleinem Lohn und den vielen Kindern waren sie es mehr oder weniger – litten aber nie darunter.

Als der Lehrer zwar Max in der Schule sehr diskret vor der ganzen Klasse fragte, ob er für die Bezahlung des Skilagers nicht Geld aus der Hilfskasse benötige, schämte er sich und sagte nein, nein, nicht nötig.

Vater hingegen schämte sich überhaupt nicht, im Gegenteil. Er brachte es fertig, am Samstagnachmittag kurz vor Ladenschluss im «Konsum» als armer Familienvater, wie er betonte, den Preis der verderblichen Ware auf die Hälfte oder noch tiefer herunterzudrücken. Damals wurde dies noch nicht, wie heutzutage, zum halben Preis angeschrieben. Und auch sonst erreichte er als armer Familienvater seine Vergünstigungen.

26

Max balanciert immer noch auf einem Bein, den nackten Fuß knapp über der Schneedecke. Beinahe hätte er das Gleichgewicht verloren.

Am Rande des großen Lochs im Bauch von Paris, wo sich vorher die weltberühmten Hallen befanden, beim Zaun dieser riesigen Baugrube steht eine Schaukel und eine Rutschbahn. Michael klettert hurtig aus dem Buggy und steigt wie die anderen Kinder die Leiter der Rutschbahn hinauf. Oben angelangt, verliert er das Gleichgewicht, stürzt kopfüber hinunter, bleibt liegen.

Nach Sekunden einer beklemmenden Stille fängt Michael an zu brüllen. Max, dem das Herz gestockt ist, atmet auf. Solange der Kleine brüllt, wird wahrscheinlich nichts Ernstes passiert sein. Äußerlich ist nichts zu sehen. Und Michael lässt sich auch schnell trösten.

Max, der jeden Tag mit Michael im Buggy durch die Straßen von Paris zieht, während Anna meistens zu Hause bleibt und an ihren Kunstfiguren arbeitet, Max kann an keiner Rutschbahn vorbei, selbst wenn er in weiser Voraussicht vorher schnell die Straßenseite wechselt, Michael hat sie bereits entdeckt, es muss, es muss gerutscht sein.

Ach, wenn es doch immer nur zum Spaß wäre, all die Male, die wir im Leben rutschen, denkt Max im Schnee. Das Leben, eine Rutschbahn. Auf dem Arsch zu landen, das ist nichts. Zum Glück landen wir selten kopfüber.

Aber die, die nicht auf den Kopf gefallen sind, nie, dafür mit allen Wassern gewaschen, die sind meistens nicht besonders sympathisch.

Max greift Anna, die nicht mehr ohne fremde Hilfe aufstehen kann, unter die Arme, zieht sie vom Bett hoch. Wie sie auf beiden Füßen steht, lässt er sie nach einer halben Drehung und zwei kleinen Schritten kurz los, um einen Stuhl beiseite zu schieben. Anna verliert das Gleichgewicht, fällt, reißt im Sturz die Stehlampe mit.

Sie beklagt sich nicht. Zum Glück hat sie sich nicht verletzt. Fällt rückwärts um wie ein Sack, eine große Puppe. Und Michael stürzt kopfüber von der Rutschbahn.

Max streicht sich durchs Haar, stapft durch den Schnee. Schweiß läuft ihm den Rücken hinunter.

Schädel und Knochen dekorativ zu Ornamenten aufgeschichtet. Endlos lange Korridore. Anfang des 19. Jahrhunderts waren etwa sechs Millionen Tote umgebettet und die förmlich zum Himmel stinkenden Zustände auf den Pariser Friedhöfen endlich behoben.

Anna und Max hatten mit Michael den dem Publikum zugänglichen Teil der Katakomben besucht. Besichtigen durfte man sie natürlich nur mit einem Führer. Und dazu brauchte es einige Geduld. Draußen auf der Straße vor dem Eingang hatte sich eine lange Schlange von Wartenden gebildet.

Seuchen und Hungersnöte hatten im Mittelalter die Pariser Friedhöfe rasch gefüllt und überbelegt. Es wurden Beinhäuser und Massengräber errichtet, wohin die Totengräber nach Ablauf einer Grabesfrist die sterblichen Überreste schafften. Die Ruhezeiten verkürzten sich, bald wurden auch halb verweste Leichen wieder ausgegraben.

In der Umgebung herrschte ein infernalischer Gestank, woran 1779 mehrere Bewohner der Rue de la Lingerie in ihren Häusern erstickten. Die Straße lag direkt neben dem «Friedhof der Unschuldigen», des damals größten Friedhofs der Stadt. Trotz Widerstand des Klerus wurde er dann auf Anweisung des Polizeidirektors für immer geschlossen. Aber wohin mit den Überresten der Toten? Zum Glück gab es die unterirdischen Steinbrüche, die im 13. Jahrhundert für Baumaterial der großen Kirchen, Herrenhäuser und Paläste ausgehoben worden waren.

Zunächst warf man die Knochen einfach unsortiert auf einen Haufen, später wurde die Vorgehensweise verbessert; Gedenktafeln und Holzkreuze kennzeichneten die Herkunftsfriedhöfe, Schädel und Knochen wurden zu Ornamenten aufgeschichtet.

In der Nacht werden hier bizarre Partys gefeiert, jenseits der Legalität. Die Gäste sind durch die Gullys eingedrungen. Die Knöchelchen, an denen geschleckt wird, stammen natürlich von Brathähnchen oder Wachteln. Es wird gegessen und getrunken, so richtig geschlemmt. Gänseleberpastete und Räucherlachs vom Feinsten fehlen so wenig wie edelster Schimmelkäse und alter Bordeaux. Der Duft von frischer Baguette vermählt sich mit Modergeruch. Einige Paare ziehen sich zurück. Das Stöhnen rührt von keinen Gespenstern her. Der Lautstärke nach zu schließen, ist der kleine Tod im Schatten all der Gebeine besonders süß.

Ein kleiner Teil der Katakomben gehört der Banque de France: Hier liegt der Goldschatz der französischen Nationalbank.

In einer norditalienischen Stadt war ein Gerichtsschreiber fünf Stunden lang unter Akten begraben, ehe er von der Feuerwehr geborgen wurde. Max hatte den Artikel aus der Zeitung ausgeschnitten. Er schneidet so einiges aus, was er irgendwann einmal zu verwenden beabsichtigt. Meistens bleibt es bei der Absicht.

Donato Causarano war unter eine Kaskade von Akten geraten, als er versucht hatte, ein Aktenbündel aus einem Regal zu ziehen. Der Mann, der unverletzt blieb, hatte Überstunden gearbeitet, so dass niemand seine Hilferufe hören konnte. Die Frau des Verschütteten, die wegen seines Ausbleibens besorgt war, hatte dann in der Nacht die Feuerwehr alarmiert.

Liegen wir nicht alle unter Akten begraben, denkt Max. Und keiner, der die Feuerwehr ruft.

Max, die nassen Socken im Rucksack, stapft weiter durch den Schnee.

Zum Glück landen wir selten kopfüber. Und dennoch wächst auf einmal ein Pfirsich im Kopf. Eine Frucht, die nachwächst, wenn sie herausgeschnitten worden ist. Ganz herausschneiden lässt sie sich ohnehin nicht. Eine Frucht, die dich vom Kopf her leer saugt. Bis du nur noch Haut und Knochen bist. Begraben. Ausgegraben.

Aber Annas Grab ist in der Luft. Im Wind.

27

Es war noch kein Jahr vergangen, seit sie in Paris lebten, als die Wohnungsbesitzerin, eine alte Dame, starb. Und eines Abends stand ihr Sohn vor der Tür. Max bat ihn herein. Da der Sohn die Wohnung zu verkaufen wünschte, hatten sie nach Gesetz als Mieter ein Vorkaufsrecht. Nur fehlte ihnen das nötige Geld. Der Sohn der verstorbenen Wohnungsbesitzerin gab Michael einen Bonbon und versicherte, sie brauchten sich keine Sorgen zu machen, auf jeden Fall könnten sie hier weiter wohnen bleiben.

Zehn Tage später erhielten sie von der Hausverwaltung die Kündigung.

Max sitzt auf «Annas Felsen», dem Felsvorsprung, von dem er ihre Asche ausgeschüttet hat, hoch über der Grenze, hoch über dem Doubs, dem Unentschlossenen. Grenzfluss während vierzig Kilometern, Fluss, der erst der Nordsee zustrebt, sich anders entscheidet, für den Süden, für das Mittelmeer.

Von West nach Ost, von Ost nach West, von Süd nach Nord, von Nord nach Südwest, im hohen Jura ein Gebirgsfluss mit Wasserfällen und eindrucksvollen Schluchten, schlägt er mehrmals einen Bogen, mäandert schließlich durch eine dünn besiedelte Auenlandschaft gemächlich seiner Mündung entgegen, nur 90 km von der Quelle entfernt, dennoch ist der Doubs 430 km lang.

Der Unentschlossene, der Zweifler; Grenz- und Lebensfluss von Max. Und Max, auf Annas Felsen, Max, dem dieser Gedanke durch den Kopf mäandert, lächelt.

Nachdem das Wasser des Doubs sich mit demjenigen der Saône und anschließend mit demjenigen der Rhone vermischt hat, unter der Brücke von Avignon, auf der man nicht mehr tanzt, und unter unzähligen andern Brücken, die nie besungen wurden, aber ebenso wichtig sind, durchgeflossen ist, umspült es mit zwei Armen die Weiden der wilden schwarzen Stiere der Camargue, spiegelt das rosa Gefieder der Flamingos und strömt am Ende seiner Reise, während der es schon längst seinen ursprünglichen Namen verloren hat, strömt am Ende seiner Reise in den Golf von Lion, ergießt sich, auf dem Höhepunkt und gleichzeitig auf dem tiefsten Punkt seines Laufes angelangt, ins Meer.

Auslaufende Wellen. Leises Rauschen.

Gut zwanzig Kilometer von der Quelle entfernt stand einst am Ufer des Doubs eine Stadt, deren Bewohner schreckliche Egoisten waren, die Herzen härter als die umliegenden Bergkämme. In einer eisigen Winternacht suchte eine Frau mit ihrem Kind ein Obdach und ein bisschen Trost, erntete aber nur Verachtung und Zurückweisung. Resigniert und zu sterben bereit, setzte sie ihren Weg fort, als sie zum Glück dem Mönch Saint Point begegnete, der sie bei sich aufnahm.

Am nächsten Morgen sah sie mit Erstaunen einen See anstelle der grausamen Stadt, welche Gott mit einem heftigen

Unwetter unter den Wassermassen begraben hatte. Und auch heute noch fließt der Doubs durch den Lac de Saint Point.

Max sitzt auf Annas Felsen. An der Grenze. Tief unten das Wasser. Der Steilhang mit seinen Felsen und dem Urwald halbkreisförmig wie ein Riesencroissant gebogen. Etwas höher als Max fliegen die Krähen über die Grenze hin und her. Hin und her. Und eine Krähe fliegt rückwärts. Der Wind.

28

In seiner Kindheit fuhren sie manchmal an einem schönen Sommersonntag mit dem Zug an die Grenze zum Kanton Freiburg, diese tollkühne Tat leider vollständig ignorierend, Max hatte keine Ahnung, dass ihr Ausflugsziel an der Grenze lag. Mit seinen Eltern und seinen Geschwistern bestieg er in Liebefeld, einem Vorort der Stadt Bern, den Badezug, der aus einer langen Kette von Wagen bestand. Trotzdem wurden die Kinder angehalten, zu dritt oder zu viert auf eine Holzbank zu sitzen, damit andere Leute auch noch Platz fänden, sie waren bei weitem nicht die einzigen, die diese Reise an die Grenze mit Badehose und Servela unternahmen.

Nachdem der Zug nach einer langen Fahrt von ungefähr zwanzig Minuten durch eine hügelige Landschaft an weidenden Kühen vorbei und schließlich über die Schwarzwasserbrücke hoch über dem Fluss gerattert und mit einem Ruck bei einem Bretterhäuschen, Halt auf Verlangen, zum Stillstand gekommen war, leerten sich die Wagen mit Sack und Pack, Kind und Kegel, als wären Schleusen geöffnet worden. Der Grenze zu strömte es, nichts ahnend, wie gesagt, waren sie doch fest überzeugt, dass diese herrliche Gegend, wie könnte es anders sein, mitten im Bernerland liege. Sie gingen über die Straße zum Wald am Rand des tiefen Grabens seitlich der Wirtschaft «Zur Schwarzwasserbrücke». Die Kinder wussten, sie würden hier nicht einkehren, weder vorher noch nachher, sie hätten selber genügend Tee, hieße es, jedes Betteln war vergebliche Müh, also verzichteten sie darauf.

Auf einem steilen Pfad stiegen sie zwischen Felsen und Tannen hinunter, sich an Wurzeln festhaltend, erreichten schließlich den Talboden und folgten dem Schwarzwasser bis zur Einmündung in die Sense. Diese ist eine Spur wärmer als das Schwarzwasser, vielleicht, weil sich bernisches und freiburgisches vereinen, ineinanderfließen, aber das wussten sie ja nicht, anzusehen war es ihm nicht, sie wussten nur, das Wasser war wärmer. Zu sehen waren ja auch keine Tafeln mit der Aufschrift: «Vorsicht, Sie verlassen Bernerboden» und «Achtung! Freiburger Hoheitsgebiet!», nichts von dem, nicht mal Kantonswappen, zu sehen waren nur die Rauchfahnen der Servela bratenden Sonntagsausflügler, Bäume, Felsen, Wasser, Steine, viele Steine. Und wenn sie diesseits des Flusses blieben, dann nicht aus Patriotismus, sondern weil es zu mühsam war, mit Sack und Pack hinüber zu waten.

Später, in Badehose, holten sie dies dann nach. Freiburgerboden zu betreten ging aber nicht ohne Schmerzen, verständlich bei dem steinigen Grund der Sense. Da sie jedoch nicht wussten, dass sie im Freiburgerland angekommen waren, konnten sie die Schuld an den schmerzenden Fußsohlen auch nicht dem Kanton Freiburg anlasten, so wenig wie sie die noch schmerzhafteren roten Buckel auf Hals, Rücken und Bauch, Armen und Beinen und manchmal selbst in kritischer Nähe des Gesäßes, verursacht durch Bremsenstiche, freiburgischen Blutsaugern zuschreiben konnten. Und dies alles nur aus Nichtwissen.

Bei der Einmündung des Schwarzwassers in die Sense gibt es noch eine andere Möglichkeit, vom Kanton Bern in den Kanton Freiburg zu gelangen, was zwar schon ein bisschen Mut und Schwindelfreiheit erfordert. Aber könnte es eine schönere Verbindung zwischen zwei Kantonen geben? Etwas Sense aufwärts spannt sich eine schmale Hängebrücke über den Fluss. Eine Tafel mahnt, dass nicht mehr als drei Personen gleichzeitig die Brücke betreten sollen. Und schaukeln ist verboten. Aber natürlich schaukelt es, und wenn noch eines der Bodenbretter, die von den Drahtseilen gehalten werden, gebrochen ist oder sogar fehlt, kriegt man schon ein leichtes Kribbeln im Bauch.

Doch drüben im Kanton Freiburg angelangt, merkt man es nicht. Und nicht nur wegen der fehlenden Hinweistafeln, es gibt auch keine Holzkreuze und Marienstatuen hier am Flussufer, die einen, wenn man über Land fährt, wenigstens darauf aufmerksam machen, dass man sich auf katholischem Gebiet befindet. Einige wollen es auch am Geruch der Miststöcke vor den Bauernhäusern erkennen können. Max kann es nicht beurteilen, obwohl er später, als Erwachsener, mehrmals mit dem Rad durch das Freiburgerland geradelt ist.

Sense abwärts unterhalb der Eisenbahnbrücke der Linie Bern-Freiburg gibt es eine weitere Verbindung zwischen beiden Kantonen, die Autobahnbrücke, die dann, zur Verschönerung des Dorfbildes, auch noch gleich mitten über Flamatt hinwegführt, gebaut in einer Zeit, als dies noch von fortschrittlichem Geist zeugte.

Inzwischen waren sie keine kleinen Kinder mehr, durften an einem Wochenende allein an die Sense fahren und sogar über Nacht bleiben.

Sie zelteten am Ufer. Auf einem Spirituskocher bereiteten sie eine Suppe zu. Die Flamme wurde immer kleiner, und die Suppe kochte noch lange nicht. Also goss Max kurz entschlossen Spiritus nach, worauf ihm dieser miserable Kocher mit einer Stichflamme dankte. Eine Rauchsäule stieg aus seinen Haaren, dies erzählten wenigstens seine Geschwister. Max rettete sich kopfüber in bernischfreiburgisches Gewässer. Es ging glimpflich aus. Augenbrauen und eine Haarfranse weggebrannt, eine Brandblase unter der Nase.

Sie übernachteten dann doch nicht an der Sense.

An die Sense fuhr Max als Erwachsener hin und wieder mit dem Rad. Flussaufwärts nach der Hängebrücke traf man jetzt die Badenden unverhüllt, will heißen, völlig textilfrei wie im Paradies. Da ist es natürlich unmöglich, festzustellen, ob dies nun Freiburgerinnen oder Berner sind. Natürlich lässt es sich auch mit Textil nicht bestimmen, wer geht schon in der passenden Tracht baden. Schade. Max verdrehte seine Augen jedoch nicht zum Himmel, um, als Bekleideter unter Nackten, im Graben zwischen Freiburg und Bern nicht als Voyeur zu gelten.

Jahre sind seither vergangen. Und jetzt sitzt er hier an der Grenze. Hoch über dem Doubs, der Grenze zu Frankreich. Auf «Annas Felsen».

29

Ein Riese mit verbeulter Stirn. Kugelaugen. Er steht mit einer Heugabel in der Hand stumm da, glotzt nur.

«Das ist Jean-Jacques, mein Jüngster», sagt Madame Moulin, die Max und Anna das Häuschen gezeigt hat. Und nach einer Pause: «Bei seiner Geburt war Krieg. Kein Arzt aufzutreiben. Also, wollen Sie das Häuschen mieten?»

Von draußen gelangt man direkt in ein etwas größeres Zimmer, von dem aus man seitlich vorne und hinten in zwei kleinere Zimmer tritt, das hintere mit Doppelbett, ganz hinten schließt sich eine schmale Küche an, eine Dusche und ein Plumpsklo, aus dem ein säuerlicher Geruch steigt, wenn man den Deckel hebt.

Das Häuschen steht hinter einer großen Scheune, durch deren hohes Tor man es, von der Dorfstraße aus nicht sichtbar, erreicht. Immerhin gibt es hinter dem Häuschen einen kleinen Garten mit einem Apfelbaum und Sicht auf die Felder und eine niedrige Hügelkette.

Max ist unschlüssig. Doch Anna erklärt ihm, sie werde das Häuschen schon gemütlich einrichten, er werde sehen. Es war ihre Idee gewesen, etwas auf dem Land zu suchen, nachdem ihnen in Paris die Wohnung gekündigt worden war. Möglichst nahe am Meer. Mit diesem Verkehr in Paris, den verstopften Straßen, wobei die Automobilisten unbekümmert den Motor weiter laufen lassen, selbst wenn sie für längere Zeit nicht von der Stelle kommen, ist es für Michael im Buggy, direkt auf der Höhe der Auspuffrohre, wirklich nicht gerade die beste Luft. Also hatte Max an gut zwanzig Bäckereien in kleineren Dörfern zwischen Paris und dem Ärmelkanal einen Zettel mit der Bitte geschickt, ihn auszuhängen: «Junges Paar mit kleinem

Kind sucht kleines Haus zu mieten». Gleichzeitig hat er mehrere Vermieter von Ferienhäuschen auf dem Land angeschrieben. Es kamen drei Antworten.

Mit dem Zug fuhren sie in einer Stunde die ersten hundertdreißig Kilometer bis Amiens, von dort mit einem Überlandbus nach Airaines, der für weitere dreißig Kilometer ebenfalls eine Stunde benötigte, und nach einem Fußmarsch von wiederum einer Stunde, Michael im Buggy, erreichten sie Warlus, wobei Max ein Sträßchen gewählt hatte, das neben der verkehrsreichen Departementsstraße in einem Halbbogen zum Dorf mit seinen zweihundert Einwohnern führt.

«Also, wollen Sie das Häuschen mieten?»

Max schaut Anna an, die nickt, und so sagt er zu.

Gilbert, der Zweitjüngste von Madame Moulin, kommt vorbei. Er arbeite nicht etwa auf ihrem Bauernbetrieb, betont die Mutter, sondern habe eine bessere Stelle im Büro der Reißverschlussfabrik in Airaines.

Vielleicht hatte sie mit ihm verabredet, vorbeizukommen und sich die zwei seltsamen Vögel mit ihrem Kind anzuschauen, die von Paris in dieses verlassene Nest ziehen wollen, damit sie seine Meinung dazu höre. Jedenfalls scheint alles in Ordnung, und Gilbert anerbietet sich, Anna, Max und Michael im Auto nach Longprés-les-Corps-Saints zu fahren, wo der Schnellzug nach Paris anhält.

Das Dorf mit dem Bahnhof liegt zwölf Kilometer entfernt unten im breiten, grünen Tal, das die Somme mit ihren unzähligen Teichen, Sümpfen und Nebenarmen in das niedrige Kreideplateau der Picardie modelliert hat.

Der nächste Zug fährt erst in anderthalb Stunden; um die Zeit zu überbrücken, schlägt Max vor, einen Spaziergang dem Wasser entlang zu machen.

Mitten in den Teichen mit ihren Teppichen von Seerosen stehen auf kleinen Inseln die Schilfhütten der Jäger, die den Wasservögeln auflauern. Alte, lecke Boote, im Wasser eingesunken, ragen mit dem Bug knapp aus dem Schilf, am Ufer stehen Pappeln und Trauerweiden, dazwischen ausrangierte Autosessel, auf einem von ihnen sitzt ein Angler.

Es ist feucht, der Himmel milchig grau; obwohl der Sommer kaum begonnen hat, herrscht eine Herbststimmung, liegt eine leise Wehmut in der Luft.

30

Die alte Madame Moulin sperrt den Mund auf. Ein Schwarzer hinter dem Steuer des Lieferwagens, worin die Habseligkeiten der neuen Mieter verstaut sind. Und wie erst der Lieferwagen aussieht! Beulen vorne und hinten, Rost. Großer Gott! Sie hatte es geahnt, hatte vom Vertrag zurücktreten wollen, ein Pärchen, das mit seinem kleinen Sohn im Buggy zu Fuß, ohne Auto, zu Fuß das Häuschen besichtigen kam, immerhin fünf Kilometer von der Bushaltestelle in Airaines bis hierher, und wenn Gilbert sie nicht zum Bahnhof gebracht hätte … Am Abend gibt es keinen Bus zurück nach Amiens, der fährt nur zwei Mal im Tag, dieses Pärchen mit seinem kleinen Kind, das ist doch seltsam, Künstler obendrein, Gilbert hat zwar gesagt, die seien schon in Ordnung, und auch Mireille hat es gesagt, der Vertrag sei unterschrieben und fertig, sie solle nicht so dumm tun, aber sie hat es geahnt. Und jetzt das! Ein Schwarzer hinter dem Steuer des Lieferwagens.

Madame Moulin schluckt ein paar Mal leer, fasst sich und wendet sich an Max: «Vielleicht ist er ja ein Franzose, was! Kommt aus einem unserer überseeischen Gebiete. Dann ist er ein Franzose. Und ein Franzose ist ein Franzose.»

Sie hofft auf Zustimmung. Doch Max schweigt. Scheint es nicht zu wissen.

Aber selbst die Generation von Max wurde in der Sonntagsschule geprägt mit der Vorstellung vom «wilden Neger im Urwald», dem «armen Heiden», den es zu bekehren galt. Das frisst sich in die Kinderseele, schlummert dort weiter beim Erwachsenen.

In der Sonntagsschule verneigte sich das «Negerli» auf dem «Kässeli», wenn die Kinder ihm eine Münze, meistens 20 Rappen, in den Schlitz steckten. Und kaum jemand nahm daran Anstoß. Wenigstens nicht die Eltern der Sonntagsschulkinder.

Damals waren nackte Frauenbrüste auf der Kinoleinwand ein Tabu, nicht nur für Kinder, es sei denn, es habe sich um die nackten Brüste von Schwarzafrikanerinnen in einem Dokumentarfilm gehandelt.

Sie spazieren durch das Dorf, Max und Anna wundern sich über die verlotterten Fassaden der Häuser und Scheunen zur Straße hin, zum Teil richtig baufällig. Gespenstisch und gleichzeitig irgendwie faszinierend. Max ist sich zwar gewohnt, dass in Frankreich die Dörfer nicht so ordentlich aussehen wie in der Schweiz. Aber in diesem Zustand hatte er bisher noch keines gesehen. Ob der Krieg, die Kriegsgrenze hier in der Nähe auch Spuren in den Köpfen, in der Mentalität hinterlassen hat?

Die Somme war Schauplatz fürchterlicher Schlachten in beiden Weltkriegen. Die mörderischste fand im Sommer 1916 statt, als Franzosen und Briten sich gegen die deutschen Linien warfen. Eine Million zweihunderttausend Tote, sechshunderttausend Tote auf jeder Seite. Der Reiseführer erwähnt die Namen der Befehlshaber. Und wer spricht von den Soldaten? Junge Männer, noch kaum erwachsen, Familienväter …

Nur die Schule mit der darin untergebrachten Mairie, dem Bürgermeisteramt, und gleich daneben das Schloss, worin sich jetzt das Altenheim für ehemalige Polizisten befindet, sowie mitten im Dorf das große Wohnhaus der Moulins und ein paar weitere Häuser bieten einen tadellosen Eindruck.

Moulins Kuhstall befindet sich ein paar Straßen entfernt, die hundert Kühe sind aber meistens im Freien. Sie sind die reichsten Bauern der Gegend. Der Betrieb wird vom ältesten Sohn geführt, der alte Moulin geht gegen die achtzig.

Max stützt sich auf Annas Felsen vorne auf das rostige Geländer, zögert einen Augenblick, steigt dann darüber und setzt sich auf die Felsnase über dem Abgrund.

Ein wundervoller Blick in die Ferne und in die Tiefe. Der Doubs dreihundert Meter unter ihm. Gestaut zu einem schmalen See, eher zu einem stehenden Fluss. Doch das Wasser bleibt nur scheinbar stehen. Durch Rohre schießt es zu den Turbinen des Kraftwerks, fließt durch eine Öffnung in der Staumauer in das darunter liegende Bett, mehr oder weniger, je nachdem, wie weit die Schleuse geöffnet ist, schäumt jetzt wieder wild zwischen und über Steinbrocken und Felsen, stürmt dagegen an, von Annas Felsen aus freilich nicht mehr zu sehen.

Wenn der Wind von vorne über die Wasseroberfläche fährt, da wo es gestaut wurde, fließt es rückwärts, erreicht die

Quelle trotzdem nie mehr. Und vorne, bei der Staumauer, schießt es auch jetzt durch die Rohre zu den Turbinen.

Doch das Wasser, das du in deinem Leben gestaut hast, erzeugt keine Energie, kein Licht, keine Wärme, nur Kälte, denkt Max. Und schließlich fließt alles ab – wieso hast du es nicht längst fließen lassen?

Zerbrochen. Was hinter dir liegt. Und die Asche wirbelt hoch. Dringt durch Nase und Mund. Fühlt sich an wie Sand auf der Zunge.

31

Wir hatten abgemacht, dass Anna uns mit der Vespa in Airaines abholen würde. Annas Mutter hatte sich schon vor ein paar Jahren ein kleines Auto angeschafft und ihrer Tochter, die ja sogar einen Führerschein für schwere Motorräder besaß, ihre Vespa gegeben. Als wir nach Paris zogen, blieb sie bei einem meiner Brüder im Garten, doch später, in Warlus, war der öffentliche Verkehr zu weit entfernt, also wurde die Vespa mit der Bahn nach Frankreich geschickt.

Anna fuhr Michael und mich, wir beide auf dem Rücksitz, samt zusammengeklapptem Buggy nach Airaines, dem Nachbarort. Dort stiegen wir, Vater und Sohn, auf den Bus nach Amiens um, während Anna mit der Vespa hinfuhr. Stadtluftschnuppern war angesagt. Auf dem Rückweg sollte sie uns wieder in Airaines abholen. Doch der Bus fuhr nur bis Quesnoy, einem andern Nachbardorf. Ich musste den Fahrplan falsch gelesen haben. Jedenfalls wartete Anna vergebens in Airaines.

Und ich stand dumm und dämlich mit Michael in Quesnoy am Straßenrand.

Schließlich setze ich den Jungen in den Buggy und ziehe zu Fuß los, bleibt mir ja nichts anderes übrig. Gut sechs Kilometer bis zu unserem Dorf.

Eine kleine Straße, kaum Verkehr. Nach einer Weile taucht doch ein Auto hinter uns auf, ich winke mit dem Daumen. Das Auto hält tatsächlich an. Ein Ehepaar mit zwei kleinen Mädchen. Sie mustern uns erstaunt, als hätten sie noch nie Autostopper gesehen, jedenfalls nicht mit einem Kinderwagen, dabei ist das nichts, in Irland hat einer mit einem Eisschrank Autostopp gemacht. Sie fahren nach Warlus zu Besuch und heißen uns, einzusteigen.

Im Auto herrscht eine Unordnung auf dem Boden und auf den Sitzen, noch viel schöner als in unserem Häuschen.

«Geht es?», fragt die Frau lächelnd, nachdem sie die Mädchen angewiesen hat, Platz zu schaffen.

«Geht schon», sagt ihr Mann an meiner Stelle.

Sie wundern sich nicht wenig, dass wir hierhergezogen sind und kein Auto besitzen. Ich erkläre ihnen, dass ich keinen Führerschein habe, jetzt aber so bald als möglich die Fahrprüfung machen werde.

Zu Hause angelangt, warten wir lange auf Anna. Ich beginne, mir ernsthaft Sorgen zu machen.

Endlich taucht sie auf. Obwohl sie kaum französisch spricht – vielleicht mehr, als ich denke, aber sie fand es bequemer, das Sprechen jeweils mir zu überlassen, das fand Michael übrigens auch, aber er war ja erst drei – obwohl sie kaum französisch spricht, hat sie herausbekommen, dass der Bus nur bis Quesnoy gefahren ist, aber nicht, wo dieses Quesnoy genau liegt. Sie ist dann auf der Suche nach uns hin und her gekurvt, bis sie es schließlich aufgegeben hat.

32

Ihre ersten Ferien mit Michael, er war damals neun Monate alt, verbrachten sie im Jura. Sie hatten in der Franche-Comté, hoch über dem Dessoubre, einem Nebenfluss des Doubs, ein Häuschen gemietet. Es war ein trockener Sommer, das Häuschen hatte keine Wasserleitung und die Regentonne war leer. Sie mussten das Wasser mit einem Kanister beim Dorfbrunnen holen, der etwa zehn Minuten zu Fuß entfernt war. Ein Kanister reichte nur zum Kochen und sich notdürftig waschen. Damit das Klo nicht zu stinken anfängt, düngten sie mit ihrem Bedürfnis jeweils das Feld, natürlich in gebührender Entfernung.

Zum Einkaufen fuhr Anna mit der Vespa, auf dem Rücksitz Max, der mit einem Tragetuch Michael vor die Brust gebunden hatte, die schmalen, steilen Kurven in den Talkessel hinunter und auf der andern Seite wieder hinauf zum nächsten Laden.

Auch in Bern fuhren sie zu dritt herum, zwar selten und nicht gerade ins Zentrum. Einmal nahm Anna so schnell eine Kurve, dass sie zu weit hinausgetragen wurden und mit einem Satz auf dem Gehsteig landeten, auf dem sie weiterrollten, bis Anna abgebremst hatte.

Max, dem beinahe das Herz stehen geblieben war, schimpfte lauthals los: «Bist du nicht mehr bei Trost!»

«Du musst in die Kurve liegen!», schrie Anna.

«Lieg du mal in die Kurve mit dem Kleinen an der Brust!»

Das war wirklich verrückt, denkt Max auf Annas Felsen. Verrückt. Wie konnten sie nur. Das war mehr als fahrlässig von ihnen beiden. Allein schon beim Gedanken daran läuft ihm der kalte Schweiß über den Rücken.

33

Max nimmt einen Intensivkurs bei einer Fahrschule in Amiens, der Unterricht dauert den ganzen Tag, von Montag bis Freitag. Es stört ihn, dass er überhaupt nicht mehr zum Schreiben kommt, aber in sechs Wochen sollte man die Fahrprüfung bestehen können.

Sie sitzen zu fünft in einem Auto der Fahrschule. Abwechselnd einer der Fahrschüler am Steuer, daneben der Fahrlehrer, hinten die übrigen drei Fahrschüler. Der Fahrlehrer, ein junger, schlanker Mann, nicht nur groß gewachsen, auch etwas großmäulig, der Fahrlehrer wundert sich nicht schlecht, dass Max mit dreißig Jahren noch nie hinter einem Steuer gesessen ist und er ihm alles erklären muss.

Alle Fahrschüler sind jünger als Max. Unter ihnen eine Verkäuferin in einem Supermarkt lästert während der Fahrt dauernd über die Ausländer und wirft Max herausfordernde Blicke zu. Dieser schweigt.

Er fährt jeweils mit Annas Vespa, obwohl er auch dafür keinen Führerschein hat, die zwölf Kilometer zum Bahnhof von Longprés-les-Corps-Saints, wo er auf den Zug nach Amiens umsteigt. Einmal wird er von der Polizei angehalten, Max steht beinahe das Herz still, die kümmern sich aber zum Glück nicht um den Führerschein. Nachdem sie das deutsche

Kontrollschild gesehen haben, wünschen sie ihm einen schönen Ferienaufenthalt in Frankreich.

Mittlerweile besucht Michael den Kindergarten, was hier im Dorf bereits ab drei Jahren möglich ist. Am ersten Tag habe er eine Stunde lang geweint, erzählte die Kindergärtnerin, sie habe ihn bereits nach Hause bringen wollen. Aber dann hätten die Mädchen ihm das Haar gestreichelt, seine schönen Locken, und Michael getröstet. Die zwei Mädchen aus dem Häuschen an der Kreuzung holen ihn von da an jeden Morgen von zu Hause ab.

Es ist Anfang November, in der Nacht vor der Fahrprüfung hat es geschneit. Am Morgen liegt immer noch Schnee auf den Straßen, auch in der Stadt, zwar nur ein Schaum. Eine ältere Expertin setzt sich neben Max.

«Nein, nein, nein, Sie haben zu früh auf die Kupplung gedrückt!», zetert sie am Schluss nach dem Einparken. «Sagen Sie nichts, ich habe es gesehen, Sie haben auf die Kupplung gedrückt, bevor sie das Bremspedal betätigt haben. Sind Sie Linkshänder? Habe ich es mir doch gedacht! Linkshänder verwechseln immer die Pedale. Linkshänder sind im Grunde genommen Invalide wie andere Behinderte auch, die sollten nur eine Automatik fahren. Ich kann Ihnen beim besten Willen keinen Führerschein geben! Nein, nein, nein!»

Max ist völlig sprachlos. Zum Glück kann er bereits in einer Woche die Prüfung bei einem andern Experten wiederholen. Und besteht, obwohl er mehr Fehler macht, als beim ersten Mal.

Um zur Fahrprüfung zugelassen zu werden, musste Max, der militärdienstuntauglich ist, vorher eine ärztliche Prüfung über sich ergehen lassen, was von Frauen nicht verlangt wird.

Der Arzt behandelte ihn, als einen, der nie in der Armee gedient hat, wie einen Schwerverbrecher oder zumindest wie ein dubioses Subjekt; für Max ein Beweis mehr, dass die Militärköpfe nicht nur in der Schweiz zu Hause sind.

Eine Krähe krächzt. Eine zweite antwortet. Max sitzt auf Annas Felsen.

Nachdem er Anna unter die Arme gegriffen und sie vom Bett hochgezogen hat, mit ihr ins Badezimmer getrippelt ist, sie ausgezogen und in die Badewanne gehoben, geduscht, abgetrocknet, eingecremt, angezogen, auf einen Stuhl gesetzt, die Haare gekämmt und geföhnt hat, führt Max sie zum Frühstück in die Küche. Anschließend setzt er Anna in ihrem Zimmer ans Fenster, durch das die Sonne schräg hereinscheint. Er lässt das Radio laufen oder eine CD; klassische Musik.
  Max setzt sich mit der Zeitung zu Anna, streichelt sie, küsst sie. Später, wie er den Haushalt besorgt, nimmt Anna die Zeitung. Sie hält sie verkehrt herum in der Hand.
  Die CD spielt «Aus der Neuen Welt» von Antonín Dvořák. Wenn Max das Largo hört, spürt er tief in sich eine Sehnsucht, ein Fernweh, Heimweh – und ist doch nirgends zu Hause. Das Allegro con fuoco hingegen reißt ihn mit, er fängt an zu dirigieren.

Max stapft durch den Schnee.

Anna sitzt am Fenster, die Zeitung verkehrt in der Hand. Max staubsaugt. «Lass nur», sagt Anna, die nicht mehr ohne fremde Hilfe stehen kann, «lass nur, ich mach das dann.»

34

Anna knallt die Tür des Häuschens hinter sich zu. Sie hatten sich gestritten. Über etwas Belangloses, dass auf einmal eine Wichtigkeit bekam.

Anna streckt noch einmal den Kopf herein. «Ich fahr' mit der Vespa in die Stadt.» Und weg ist sie.

Gegen Abend klopft Paulette, die Frau von Roger, des ältesten Sohnes von Madame Moulin, an die Tür. Max werde am Telefon verlangt. Die Gendarmerie. Max ist verdutzt. Und Paulette schaut ihn so komisch an.

Anna und Max haben selber kein Telefon im Häuschen. Aber wie kommt die Gendarmerie dazu, bei Roger und Paulette anzurufen und nach ihm zu verlangen?

Max nimmt Michael bei der Hand und folgt Paulette über die Dorfstraße.

Am Telefon erfährt er, Anna habe mit der Vespa einen Unfall gehabt und liege im Krankenhaus von Abbeville. Er solle ihr die nötigen Sachen mitbringen und sich danach bei ihnen auf der Gendarmerie melden.

Max, der sich immer gleich die schlimmstmögliche Wendung ausdenkt, hat einen Kloß im Hals und kann kaum sprechen.

Roger, der gerade von der Arbeit auf dem Feld nach Hause gekommen ist, anerbietet sich, Max nach Abbeville zu fahren, er hole gleich den Sonntagswagen aus der Garage, Michael könne unterdessen bei ihnen bleiben und mit Grégoire, dem jüngeren Sohn von Roger und Paulette, spielen.

Unterwegs erklärt Roger stolz, dieser Citroën sei noch fast neu, den benutze er gewöhnlich nur sonntags. Roger hat sich sogar eine Krawatte umgebunden. Plötzlich leuchtet ein Lämpchen rot auf. Roger bremst ab. Doch das rote Lämpchen leuchtet weiter. Roger beschließt, zu wenden. Es bleibe ihnen nichts anderes übrig, als den alten Renault zu nehmen, solange er nicht wisse, was mit diesem hier los sei, aber den neuen Wagen wolle er nicht einfach aufs Spiel setzen, das sei ihm doch zu riskant, und bis Abbeville seien es immerhin zwanzig Kilometer.

Schließlich erreichen sie das Krankenhaus mit dem alten Renault. Anna liegt mit gebrochenem Nasenbein, zwei herausgeschlagenen Vorderzähnen und einer leichten Gehirnerschütterung in einem Zimmer. Auf dem Rückweg von Abbeville hatte sie am Ausgang eines Dorfes auf der gegenüberliegenden Straßenseite eine Telefonzelle gesehen und gedacht, sie könne wieder mal die Eltern in Deutschland anrufen. Also wendete sie mit der Vespa. Sie musste dabei die Geschwindigkeit des nahenden Lastwagens unterschätzt haben. Dieser erfasste sie, schob sie vor sich her. Kurz bevor Anna an einer Mauer zerquetscht worden wäre, kamen sie zum Stillstand.

Anna hat keine Kranken- und Unfallversicherung, seit sie nicht mehr am Theater arbeitet. Sie will nach Hause, sie könne ebenso gut zu Hause im Bett liegen, anstatt hier im Krankenhaus. Der Arzt ist einverstanden, dass sie morgen auf eigene Verantwortung entlassen werde, insofern sie keine Versicherung habe, diese Nacht aber müsse sie zur Beobachtung hier bleiben.

Die Vespa ist schrottreif. Zum Glück hat Max am Tag zuvor den Autoführerschein gemacht. Und zum Glück will gerade einer im Dorf für wenig Geld seinen alten Peugeot verkaufen.

35

Der Schatten folgt ihm. Seitlich auf dem Schnee. Und plötzlich überholt er Max, ist vor ihm. Auf dem Weg zu Anna.

Sein Schatten ist der Einzige, der ihm in dieser weißen Einsamkeit begegnet. Und bekanntlich springt keiner über seinen Schatten. Aber so lange sein Schatten ihn begleitet, scheint die Sonne. Na also.

Die Sonnenbrille rutscht auf der Nase nach vorne. Max schiebt sie zurück.

Die Straße ist verschneit, die Kurven sind in der leicht gewellten Landschaft erst im letzten Augenblick zu erkennen. Max fährt Anna mit dem eben erst erstandenen Peugeot zum Zahnarzt, gut fünfundzwanzig Kilometer von ihrem Dorf entfernt. Er ist ein Freund von Gilbert, dem zweitjüngsten Sohn von Madame Moulin, und behandelt Anna als Künstlerin umsonst; sie muss nur die Materialkosten tragen.

Der Zahnarzt erzählt ihnen, dass ihm mehrere Patienten wegen des Neuschnees abgesagt hätten, aber die Leute hier seien das nicht gewohnt, und die Straße werde auch kaum geräumt.

Eines Abends, die Behandlung war schon seit einiger Zeit abgeschlossen, klopft der Zahnarzt an die Tür ihres Häuschens. Er ist völlig betrunken. Er sei gerade bei Gilbert gewesen, wolle nur kurz vorbeischauen. Und er umarmt Anna stürmisch, zieht dann aber wieder ab. Ob er gehofft hat, Anna allein anzutreffen? Obwohl sie ein Kind haben, ist dieses Künstlerpaar nicht verheiratet, das beflügelt die Phantasie. Und Max geht ja oft allein mit dem kleinen Sohn weg, wie er von Gilbert gehört hat.

36

An Annas drittem Todestag, dem letzten Tag des Sommers, ist Max ebenfalls im Jura. Auf dem Weg zu Anna.

Hochnebelfetzen, dazwischen die Sonne. Die Wettertannen, die Weiden, das Hochmoor, die Felsen in ganz eigenartigem Licht. Es hatte etwas Magisches, Märchenhaftes, das tief im Bauch das Hochseil ins Nirgendwo zum Schwingen und ganz leise zum Klingen bringt wie eine unbestimmte Sehnsucht.

Auf dem Rückweg dann wieder die große Kuhherde mit ihren Kälbern, selbst die Pferde sind da, und auch ein Bulle mit Nasenring und großem Apparat unter seinem Bauch, womit er die Kühe beglückt. Max hat zwar neulich in einer Fernsehsendung gesehen, dass dieser Akt nur ein paar Sekunden dauert, die Kuh spürt wahrscheinlich bloß, dass etwas Warmes in eine ihrer Öffnungen gespritzt wird und sich der Bulle dabei auf ihren Rücken abstützt, dass sie sich sagt, viel lieber wäre ihr ein gutes Bier, aber in eine andere Öffnung, in die Öffnung vorne, ins Maul. Aber woher soll so eine Kuh im Jura etwas von einem guten Bier wissen, womit die japanischen Rinder beglückt werden, damit sie ein besonders schmackhaftes Fleisch abgeben – was die Kühe ignorieren. Kühe sind eben auch nur Menschen. Und die jurassischen Kühe fressen sich ja nur einen Rausch an beim Verzehr der Absinthstauden mit der haschischverwandten Substanz Thujon.

Von wegen Rausch, Max hat in der Zeitung gelesen, dass Polizisten und Jäger die Bewohner eines Altenheims in Schweden vor betrunkenen Elchen schützen mussten. Die Tiere hatten alkoholhaltigen Saft aus verfaulten Äpfeln geschlürft. Einige enthemmte Elche seien aggressiv geworden und hätten randaliert. Was sie genau taten, so ohne Hemmung, stand leider nicht in der Zeitung, nur so viel: «Elche sind wie ganz normale Leute». Aber was sollen die Kinder denken, wo doch im Norden ein Elch den Schlitten des Weihnachtsmannes zieht. Zum Glück kommt er bei uns mit einem Eselchen, manchmal auch mit einem Mofa, denkt Max. Von besoffenen Eseln hätte er noch nichts gehört. Jedenfalls nicht von Vierbeinigen. Höchstens, dass die Zweibeinigen auf allen Vieren gehen.

Max nähert sich der Kuhherde, äugt verstohlen zum Bullen, besser, man ist auf der Hut. Da fängt eine Mutterkuh an zu muhen. Sie muht und muht. Mehrere Kleine laufen zu ihr hin. Wie Max an ihnen vorbei ist, scharf beobachtet von der Mutterkuh, setzt sich diese in Bewegung, folgt ihm, der Bulle setzt sich ebenfalls in Bewegung, die Kleinen mit Luftsprüngen hinterher, es folgt die ganze Herde, die von etwas weiter drüben kommen angerannt. Max sagt sich, die werden nach ein paar Schritten wieder zurückbleiben, aber nein, sie folgen ihm über Stock und Stein. So ist er plötzlich nicht mehr allein, ist plötzlich die Leitkuh. Bleibt er stehen, bleiben sie ebenfalls stehen und glotzen. Geht er weiter, folgen sie. Sie folgen ihm fast eine Viertelstunde, bis endlich ein Zaun sie zurückhält.

«Schiebung», rufen die Kühe, «wozu eine Öffnung im Zaun, wenn nur die Menschen hindurchschlüpfen können. Die Welt ist ungerecht!» Und dem Bullen wird bewusst, dass er wieder mal zu nichts zu gebrauchen ist.

Nebelfetzen, Zauberwald. In der Luft die Klänge der Oboe d'Amore. Traum, vergangene Sommernacht. Für immer vergangen.

Mitten auf der Weide steht eine alte Badewanne. Dient jetzt nur noch als Kuhtränke, nachdem während Jahren Kinder darin geplanscht, die Bäuerin jahrelang ihre nackte Schönheit darin aufgeweicht und auch der Bauer sich grunzend hineingelegt hatte.

Sonntagmorgen ohne Aufsichtsdienst im Kunstmuseum, Max liegt in der Badewanne und hört alte Musik zum Bühnenstück «Das Leben ein Traum». Manchmal hat er auch schon den Gedanken gesponnen, ob er nicht einfach alles träume. Manchmal träumt er, er würde träumen. Aber wann wacht er auf?

Max liegt in der Badewanne, hört alte Musik. Sonntag ohne Aufsichtsdienst im Kunstmuseum, so hat der Sonntag wieder seinen Reiz. Früher, als er nur Schriftsteller und Hausmann war, war der Sonntag einfach ein Tag.

Eine Fliege setzt sich auf den Rand der Badewanne. Was will denn die? Jetzt krabbelt sie hinunter zum Badewasser.

He, das ist mein Bad! Hätte noch nie gesehen, dass eine Fliege freiwillig ein Bad nimmt! Vielleicht hat sie Durst? Bezweifle, dass ihr das Fanjo-Eukalyptus-Bad schmeckt.

Sie streckt die Beinchen in den dünnen Rest von Schaum, macht gleich kehrt, setzt sich oben wieder auf den Rand, streckt den Hinterteil in die Höhe, zappelt, tänzelt mit den Beinchen, bewegt die Flügel hin und her. Jetzt hockt sie bewegungslos da und beguckt seelenruhig den Piephahn von Max, ohne sich auch nur den kleinsten Anschein zu geben, sie würde ganz woanders hinschauen. Soll sie!

Wenn die Fliegen ihn beim Arbeiten oder Träumen stören, dann freilich verjagt er sie. Nur nützt das oft nichts.

Anna liegt in der Badewanne. Sie genießt es sichtlich. Nur wird es anschließend schwierig, sie herauszuheben. Max schafft es nicht. Er zieht Hose und Socken aus, steigt in die Badewanne, greift Anna unter die Arme, hebt sie hoch und setzt sie auf den Rand. Mit einer Hand hält er sie fest, mit der andern zieht er das Badetuch heran, wickelt Anna damit ein, steigt aus der Wanne und trägt sie auf das Bett in Annas Zimmer.

Zuweilen fährt er sie auf einem Drehstuhl in der Wohnung herum, doch spätestens bei den Türschwellen entstehen Probleme. Die Rädchen an den Stuhlbeinen sind zu klein, ein paar Mal schon ist der Stuhl samt Anna gekippt.

37

Als Papa aus der Kriegsgefangenschaft zurückkam, sprang er unterwegs samt Kleidern in eine Kuhtränke und wusch sich, um sauber zu sein, falls … Na! Doch Sabine war nicht mehr in Schöningen. Aber ich glaube, das stimmt nicht. Papa machte nach einer Tanznacht, bei der die Jungs sich wie Cowboys kleideten, eher schlecht als recht, sie hatten nicht die nötigen Mittel dazu, nach einer solchen Tanznacht machte er einer andern Frau ein Kind, meiner Mutter. Sabine ging daraufhin über die Grenze in den Osten.

Papa hört erst nach Mamas Tod wieder von ihr. Da lebe ich schon seit Jahren mit Max in Bern. Sabine schreibt Papa einen Brief. Sie ist ebenfalls verwitwet. Hat von Mamas Tod durch Verwandte in der alten Heimat erfahren. Papa antwortet. Es folgen weitere Briefe. Erinnerungen werden ausgetauscht.

Einmal schwänzten sie die Schule, gingen stattdessen zusammen in den Wald spazieren. In einer Lichtung legten sie sich aufs Moos. Etwas war ihr unter dem Rock die Beine hoch gekrabbelt. Er wollte nachschauen. Na! Sie schüttelte den Kopf. Aber er wollte unbedingt. Na schön. Er hat nachgeschaut. Bestimmt nicht nur unter dem Rock.

Sabine lebt in Bad Freienwalde. Östlich von Berlin. Sie ist pensioniert. Also kann sie in den Westen reisen. Sie treffen sich.

Eines Tages ruft Papa mich an und fragt, ob ich etwas dagegen hätte, wenn er zu Sabine nach Bad Freienwalde ziehen würde. Unterdessen ist die Mauer gefallen, gibt es die DDR nicht mehr.

Ob ich etwas dagegen hätte?

«Aber nein. Ich freue mich, Papa.»

Papa lebt mit Sabine seit drei Jahren zusammen, als er krank wird. Drei oder vier Jahre. Kurz vor Weihnachten kauft Papa auf dem Markt noch einen Weihnachtsbaum. Es soll ein besonders schöner Baum sein.

«Es ist mein letzter Weihnachtsbaum», sagt er zur Marktfrau.

«Was erzählen Sie da, junger Mann, in einem Jahr ist wieder Weihnachten.»

«Für mich nicht. Nie mehr.»

«Sagen Sie nicht so was! Ein junger Mann wie Sie!»

«Ich gehe gegen die siebzig.»

«Das ist kein Alter!»

Sabine weiß nicht, was los ist. Papa hat ihr nichts gesagt. Nur das wegen der Prostata. Sie will, dass er sich operieren lässt. Das sei doch nicht so schlimm.

Papa weigert sich.

Verschwiegen hat er, dass er Krebs hat. Bereits überall in seinem Körper. Er will darüber nicht sprechen. Nicht mit ihr.

Er will nicht ins Krankenhaus. Will nicht leiden wie Mama damals. Er bleibt den ganzen Tag in der Werkstatt, die er sich im Keller des Hauses seiner Freundin eingerichtet hat. Will die Werkstatt nicht mehr verlassen. Sabine bekommt es mit der Angst zu tun. Sie weiß ja nicht, was los ist.

Er isst kaum mehr. Bleibt den ganzen Tag in der Werkstatt neben dem Keller, wo er Ölbilder malt.

Sabine lässt den Hausarzt kommen. Der will ihn ins Krankenhaus einweisen, bestellt die Ambulanz. Da läuft Papa los, hinaus in den Schnee, in den Wald. Er hängt sich an einem Baum auf. Das neue Jahr hatte kaum angefangen.

Papa hat sich ein Seebegräbnis gewünscht. In der Ostsee. Wie Mama.

Ein Schiff fährt mit den Urnen hinaus. Auf hoher See werden sie versenkt.

Ich wünsche mir, dass meine Asche von einem Berg ausgestreut wird.

38

Anna: Letzten Winter lag hier viel Schnee.
Max: Hast du gefroren?
Anna: Nein. Frier doch nicht. Nicht mehr.
Max: Was sind das für Leute, die hier an der Feuerstelle gegrillt haben?
Anna: Wir haben es lustig gehabt.
Max: Ah.

Anna: Manchmal.
Max: Und dann lassen sie einfach den Grillrost hier liegen.
Anna: Kann nichts dafür.
Max: Aber nein. Natürlich nicht.
Anna: Bin hier wegen dir.
Max: Wegen mir?
Anna: Hab diese Stelle nicht ausgesucht.
Max: Heute ist es windig.
Anna: Dann wirst du nicht lange bleiben.
Max: Ich weiß nicht.
Ist es hier oft so windig?
Anna: Nein. Kommt drauf an.
Max: Worauf?
Anna: Woher der Wind weht.
Max: Ja. Natürlich.
Anna: Zieh dir was über.
Max: Erinnerst du dich noch an das Häuschen?
Anna: Welches Häuschen?
Max: Das Häuschen, das wir in Nordfrankreich gemietet hatten. Für zwei Jahre.
Anna: Wie soll ich mich erinnern?
Bin nur noch Luft in der Luft. Bin selber nur noch Erinnerung.

39

In der Nacht zuvor hatte es geschneit. Und auch bei unserem Aufbruch in der Früh schneite es noch. Es war unsere erste längere Fahrt mit dem alten Peugeot. Ich hatte ja erst vor kurzem den Führerschein gemacht. Eines meiner Hörspiele wurde im

Radiostudio Bern produziert, ich wollte wie immer bei den Aufnahmen dabei sein. Also fuhren wir los. Nicht auf der Autobahn, in unserer Gegend gab es damals keine, aber ich benutzte sie auch weiter südlich nicht. Es schneite ununterbrochen bis Paris. Wir schlichen in einer Autokolonne vorwärts.

Später, in einer hügeligen Gegend, der Verkehr war schon seit einiger Zeit immer spärlicher geworden, holperte der alte Peugeot plötzlich, was Michael richtig lustig fand, ich weniger. Ich hielt am Straßenrand an. Reifenpanne. Nur wusste ich nicht, wie man ein Rad wechselt.

Als endlich ein Auto auftauchte, winkte ich verzweifelt mit der Hand. Zwei Frauen stiegen aus. Sie erklärten, sie wüssten es auch nicht recht. Aber gemeinsam gelang es uns doch, das Rad zu wechseln. Oh Schreck! Der Ersatzreifen war in einem erbärmlichen Zustand. Voller Risse. Ich hatte es unterlassen, ihn vorher mal zu kontrollieren und schimpfte jetzt über den früheren Besitzer des Peugeots, der mir so was angedreht hatte. Ich fuhr vorsichtig bis zur nächsten Ortschaft, wo es zum Glück eine Autowerkstatt gab. Die verkauften und montierten uns einen neuen Reifen. Inzwischen war der Tag munter vorangeschritten. Und auch meine Miene munterte sich wieder auf.

Zehn Tage später, auf der Rückfahrt, erwartete uns die nächste Überraschung, eine vorweihnachtliche Bescherung. Es war kurz vor Amiens.

Noch summe ich nichts ahnend ein Liedchen.

Die Bremsflüssigkeit muss man beim alten Peugeot kontrollieren, hab ich nicht gewusst, ist gar nicht schwer, die Bremsflüssigkeit hat eine Farbe, gelb oder blau, jedenfalls lässt sich feststellen, wie viel noch drin ist, wenn man die Kühlerhaube hochhebt und guckt, also, kurz vor Amiens, der Verkehr immer dichter, eine Kolonne vor uns, eine Ampel, und die wechselt auf Rot. Nun will ich bremsen. Das Vehikel reagiert nicht. Ich summe nicht mehr, ich drücke das Bremspedal voll durch. Nichts.

Natürlich läuft mir der kalte Schweiß den Rücken hinunter, ich ziehe die Handbremse, und die funktioniert tatsächlich noch, mit viel Glück kommen wir zum Stehen, ohne das Auto vor uns zu rammen.

Nun aber müssen wir die ganze Stadt durchqueren, viele Kreuzungen, o, là, là, nur mit der Handbremse, bis wir an der Ausfahrt der Stadt eine Werkstatt finden. Die erklären mir das mit der Bremsflüssigkeit. Von nun an stecke ich vor jeder Fahrt meine Nase unter die Kühlerhaube.

Wieder eine Rückfahrt aus der Schweiz. Ein Steinchen zersplittert die Frontscheibe, das Glas fällt aber nicht heraus, so bleibt mir während den nächsten Kilometern eine echt zersplitterte Straße und Landschaft vor den Augen, selbst der Himmel hat tausend Sprünge, zwischendurch strecke ich den Kopf aus dem offenen Fenster, um besser zu sehen, was Michael wieder mal richtig lustig findet, und ich weniger.

Zum Glück taucht nach ungefähr zwanzig Kilometern am Rande einer Kleinstadt eine Peugeot-Werkstatt auf. Nachdem sie uns die Frontscheibe ersetzt haben, hellt sich meine Miene wie nach jedem Missgeschick auf und ich singe auf der Weiterfahrt ein Lied nach dem andern aus meinem deutsch-französischen Repertoire.

Doch dies sollte nicht die letzte böse Überraschung mit dem alten Peugeot sein.

40

Annas Eltern kommen zu Besuch nach Warlus. Jeden Vormittag marschiert Annas Vater allein ins Dorfcafé. Obwohl er kein Wort Französisch spricht. Er hat sich gleich mit dem Wirt angefreundet. Deutsch-französische Freundschaft: Bier – bière, Prost – santé!

Im Café sitzen ein paar Ruheständler aus dem Altenheim für ehemalige Polizisten. Vielleicht hat ihn, den ehemaligen Polizisten, auch das angezogen. Und die sprechen nicht mehr als er.

Im Zweiten Weltkrieg wurde Amiens, die Hauptstadt des Departements, zu 60% zerstört, das Zentrum von Abbeville, der zweitgrößten Stadt, war fast vollständig ausgebrannt, Airaines, der nächstgelegene Ort, wurde sehr schwer beschädigt, auch ganz in der Nähe fielen Bomben, Dorfbewohner, die im Wald Schutz suchten, wurden getötet, weil ausgerechnet dort eine Bombe einschlug. Doch der Krieg ist kein Thema. Man sei jetzt Freunde.

Zur Verwunderung von Max sagt zwar Annas Vater, der vorher noch nie im Ausland gewesen ist, es sei schon komisch, plötzlich in Feindesland zu sein. Das Wort musste ihm als Kind tief in den Kopf gehämmert worden und jetzt unwillkürlich über die Zunge gestolpert sein. Er fügt aber gleich hinzu, man sei jetzt ja Freunde. Und er erklärt, er sei stolz, dass sein Sohn keinen Militärdienst leiste.

Auch Anna begegnet während ihres dreijährigen Aufenthalts in Frankreich nie einer Feindseligkeit. Kritisch wird es einzig, als bei der Fußballweltmeisterschaft die Deutschen gegen die Franzosen gewinnen und Weltmeister werden, und die Franzosen sich vom Schiedsrichter ungerecht behandelt fühlen, das haben sie doch alle mehr als deutlich während der Fernsehübertragung gesehen, aber dann wird wiederum die deutsch-französische Freundschaft hervorgehoben.

41

Anna hat eine Ausstellung in Heidelberg. Keine einzige Figur verkauft. Das ist noch nie passiert. Enttäuscht fahren sie zurück nach Frankreich.

Es ist Freitagabend. Wochenendverkehr. Max fährt eine kleine Straße, um die Grenze zu passieren. Er meint, dass es schneller gehe, es keine Warterei und auch sonst keine Probleme mit dem Zoll geben werde.

Der deutsche Zöllner winkt sie durch. Erst nach zehn Kilometern erreichen sie das französische Zollhaus mitten im Nirgendwo. Inzwischen ist es finster geworden. Auffallend viele Zöllner auf der Straße. Mehrere Autos stehen. Geschimpfe der Fahrer. Auch sie werden angehalten, müssen warten.

Endlich wendet sich ein junger Zöllner an sie. «Haben Sie etwas zu deklarieren?»

Max verneint. Sie müssen den Kofferraum öffnen.

«Und was ist das?!», fragt der Zöllner in scharfem Ton.

«Das sind bloß Puppen, die meine Frau selber angefertigt hat», entgegnet Max. «Es ist keine Ware zu verzollen.»

Sie hätten sie trotzdem deklarieren müssen, weist ihn der Zöllner barsch zurecht.

Sie müssen alle Kunstfiguren ausladen und die steile Steintreppe hinauf ins Zollhaus tragen. Über fünfzig Figuren. Dies dauert eine gute Weile. Jetzt erklärt ihnen der junge Zöllner, die Figuren seien alle beschlagnahmt. Das Auto ebenfalls.

Da der alte Peugeot aber auf der Liste des Zöllners keinen Wert mehr aufweist, dürfen sie ihn behalten. Die Puppen hingegen seien vorläufig beschlagnahmt. Sie sollen am nächsten Vormittag wieder kommen. Die Zollabfertigung sei jetzt geschlossen.

Der nächste Ort ist ungefähr fünf Kilometer entfernt. Dort übernachten sie in einem tristen Hotel. Nachdem Michael eingeschlafen ist, schmiegt Anna sich an Max. Doch es ist ihnen beiden nicht richtig nach Liebe zumute.

Zurück am Zoll ist der junge, scharfe Beamte plötzlich stinkfreundlich. Ob sie gut geschlafen hätten. Max knurrt irgendetwas. Wie viel Geld sie bei sich hätten? Zweitausend Francs. Gut. Die Busse betrage zweitausend Francs. Sofort bezahlbar.

Die Transportfirma jedoch, welche die Warenzollformalitäten ausfüllt, ist am Samstag geschlossen, und so stellt ihnen der Zöllner einen Transitschein aus. Damit könnten sie am Montag die Puppen in Amiens, der Hauptstadt ihres Departements, verzollen. Es fehlt aber noch die Bestätigung des deutschen Zolls, dass sie die Kunstfiguren aus Deutschland ausgeführt haben. Damit Max das Benzin für die Hin- und Rückfahrt sparen könne, fährt der junge Zöllner ihn im blauen Renault der französischen Zollbehörde die zehn Kilometer zum deutschen Grenzposten. Die dort wissen natürlich nichts von den Figuren, sie haben das Auto ja durchgewinkt.

Das sei schon alles in Ordnung, sagt der französische Zöllner. Und er gibt seinen deutschen Kollegen den Tipp, den nächsten Lieferwagen, der von Frankreich komme, genau zu kontrollieren. Dafür kriegt Max die Bestätigung, dass sie die Figuren aus Deutschland ausgeführt haben.

Nachdem sie beim französischen Zollhaus alle Kunstfiguren wieder eingeladen haben, können sie endlich weiterfahren. Nach Bezahlen der Busse haben sie nur noch ein paar Francs in der Tasche. Gut dreihundert Kilometer bis zu ihrem Häuschen. Zum Glück haben sie vorher getankt. Aber dann passiert es. Bereits nach ein paar Kilometern. Rauch steigt vorne aus der Kühlerhaube.

Max hält am Straßenrand an. Er schneidet ein Gesicht, als ob er Zahnweh hätte. Obwohl er keinen Zahn zu viel draufgehabt hat.

Max öffnet die Kühlerhaube. Nichts Verdächtiges. Sie warten fünf Minuten. Dann fahren sie weiter. Ohne Probleme. Max singt, als würde er in der Badewanne liegen. Gott sei Dank regnet es nicht. Wenn es regnet, ist das alte Auto tatsächlich eine Badewanne.

Am Montag holt Anna die zwei hässlichsten Figuren aus dem Estrich. Sie fahren damit zur Zollverwaltung von Amiens. Der Beamte dort glaubt ihnen, dass sie keinen besonderen Wert haben. Sie müssen keinen Zoll bezahlen. Die Busse aber kriegen sie nicht zurück.

Eine Woche später hat Anna eine Ausstellung beim Crédit Agricole in Amiens, im Regionalfernsehen wird darüber berichtet. Max hofft, dass der Zollbeamte nicht darauf aufmerksam wird und vom wahren Wert der Figuren erfährt. Scheinbar nicht, jedenfalls passiert nichts.

Während sie die Ausstellung einrichten, kann Michael nach dem Kindergarten bei Roger und Paulette zu Mittag essen.

Wie Anna und Max am Abend nach Hause kommen, berichtet Roger, sie hätten mit Michael zum Arzt fahren müssen.

Der Kleine habe sich eine dampfend heiße Kartoffel in den Mund gesteckt, sich dabei verbrannt und nicht gewagt, die Kartoffel auszuspucken. Ein richtiges Loch in der Zunge. Roger lehnt ab, als Max ihm die Arztrechnung bezahlen will. Es sei ja ihre Schuld. Max verneint. Doch Roger weigert sich, Geld anzunehmen.

42

Sie fahren zu Besuch zu Annas Eltern in Schöningen. Kurz nach der belgischen Grenze gibt der Motor des alten Peugeot den Geist auf. Knatternd wie mit einem vorsintflutlichen Traktor erreichen sie gerade noch eine Autowerkstatt am Stadtrand von Aachen.

Der Werkstattchef verspricht, zu einem günstigen Preis einen gebrauchten Peugeot Motor einzubauen, während sie mit dem Zug zu Annas Eltern weiterfahren und dort für eine Woche Ferien machen. Auf dem Rückweg könnten sie das Auto abholen. Es sei dann zwar kein 204-Motor, wie bisher, sondern ein 304, also stärker, in Deutschland wäre das nicht erlaubt, aber in Frankreich müssten die Autos ja zu keiner periodischen Kontrolle vorgeführt werden, also werde es auch keiner merken.

Max willigt ein, und so fahren sie mit dem Zug weiter.

Annas Eltern wohnen in einem einstöckigen Reihenhäuschen. Zum Abendessen erscheint Rolf, Annas Bruder, mit seiner Freundin. Er würgt kaum ein Wort über seine Lippen, sie hingegen quasselt umso mehr. Über ihr Auto, das Wetter, ihren Kater. Er ist kastriert. Also einmal habe sie ihn zuvor noch gelassen, damit er wenigstens einmal im Leben spüre, wie das ist.

Die beiden haben kaum den letzten Bissen hinuntergeschluckt, verschwinden sie in Rolfs Zimmer im ersten Stock. Wie Max die leeren Teller in die Küche trägt, gellt hingebungsvolles Stöhnen und Schreien und Quieken der Freundin durchs Treppenhaus.

Annas Mutter will Max ein paar Sehenswürdigkeiten der Umgebung zeigen. Und so unternehmen sie am nächsten Tag mit dem Auto einen Ausflug. Annas Mutter sitzt am Steuer, ihr Mann neben ihr. Er hat keinen Führerschein, gibt jedoch laufend kurze Befehle. Als wäre er der Kapitän und sie der Steuermann, oder besser gesagt die Steuerfrau, denkt Max.

«Nächste Kreuzung links. Nein, rechts!
Rechts!
Achtung Stoppstraße!
Rechts einspuren.
Gerade aus.
Ampel steht auf Rot.
Rot!»

Wieder zurück vor ihrem Haus, steigt eine Rauchwolke aus der Kühlerhaube.

«Was ist denn jetzt los?!», ruft Annas Mutter aus.

Annas Vater springt aus dem Auto, öffnet hinten den Gepäckraum, entnimmt ihm einen Feuerlöscher und besprüht damit die Kühlerhaube.

Annas Mutter war nach einem Zwischenhalt mit gezogener Handbremse weitergefahren. Jetzt macht sie ihrer Tochter Vorwürfe, als wäre Anna daran schuld.

Das werde noch ein teurer Ausflug werden. Das habe man jetzt davon! Wenn Anna ihr wenigstens ein bisschen im Haushalt helfen würde, anstatt den ganzen Tag zu faulenzen, sie, die Mutter, würde auch gerne Urlaub machen. Aber sie müsse zu Frau Müller und zu Frau Seidel putzen gehen, die Rente von Papa würde nie und nimmer reichen.

Ein paar Jahre später wird Anna, nach dem Tod ihrer Mutter, ein paar alte Schmuckstücke, die noch von der Großmutter stammen, und neben ein paar Fotos auch ein Schulheft erben. Annas Mutter schrieb darin in einem Aufsatz, welch glückliche Kindheit sie in Helmstedt gehabt habe.
 Sie muss damals vierzehn Jahre alt gewesen sein. Und der Zweite Weltkrieg war noch nicht zu Ende.
 Die Konzentrationslager?
 Die Ermordung der Juden?
 Eine glückliche Kindheit?

Anna sitzt am Fenster. Die CD spielt «Aus der Neuen Welt». Und auch sie leben in der neuen Welt, denkt Max. An der Grenze.
 «Der Tumor ist so groß wie ein Pfirsich», sagte der Chirurg.
 Herausgeschnitten. Doch restlos herausschneiden lässt er sich nicht. Nie. Und wächst so oder so wieder nach. Bloß eine Frage der Zeit.
 Die Sonne scheint durch die Scheiben, flutet schräg über das Fensterbrett, wirft zwei helle Vierecke auf den Fußboden. Die Scheiben müssten wieder mal geputzt werden, denkt Max. Aber nicht jetzt. Später.
 Anna führt mit der rechten Hand Bewegungen in der Luft aus, als würde sie nähen. Ununterbrochen.
 Als ein Kollege sie besuchen kommt und fragt, ob sie am Nähen sei, spürt Max tief in seinem Innern einen Schmerz.

Max stapft durch den Schnee.
Steckt im Nebel.
Geht im Kreis.
Verliert sich im Kreis.
Im Nebel ist es schwierig,
Tritt zu fassen,
nicht auszurutschen
und abzustürzen.

43

Hin und wieder fahren wir zum zwanzig Kilometer entfernten Hallenbad in Poix-en-Picardie. Wir nehmen Nadine und Corinne mit, die beiden Mädchen von Georges und Claire-Lise, die wir damals kennenlernten, als ich mich mit Michael im Buggy zu Fuß von der Busendstation in Quesnoy auf den Weg nach Hause machte, während Anna auf der Vespa herumkurvte und uns nicht fand.

Es ist Herbst. Auf dem Rückweg vom Hallenbad tauchen wir oft in eine Nebelbank ein, man sieht fast nichts mehr, mir selbst ein Rätsel, wie ich den Weg finde.

Zurück bei Georges und Claire-Lise bleiben wir zu einem einfachen Abendessen. Pellkartoffeln und für jeden eine Scheibe kalten Schinken. Aber leider wird dort immer sehr spät gegessen, meistens erst gegen neun. Dafür gibt es vorher für die Kinder schon ein Konfitürenbrot.

Georges hat ein Fotogeschäft in Airaines. Er redet wie ein Wasserfall und kratzt sich ununterbrochen an den Beinen.

Er zeigt uns Studioaufnahmen, die er gemacht hat. Ein etwa zwölfjähriges Mädchen in Slip und Unterhemdchen auf einem Hocker.

«Ein hübsches Mädchen, nicht? Die Tochter des Bürgermeisters von Airaines.»

Wahrscheinlich erhofft er sich künstlerisches Lob. Doch Anna und ich enthalten uns jeglichen Kommentars.

Claire-Lise ist ebenfalls fotografisch tätig. Sie fährt von Schulhaus zu Schulhaus in der Umgebung und schießt die obligaten Klassenfotos.

Das Fotogeschäft bringt nicht viel ein und sie führen, wie wir auch, ein sehr bescheidenes Leben.

Im Nebel ist es schwierig, Tritt zu fassen, nicht auszurutschen und abzustürzen.

Doch Max landet nur im Schnee. Und die Sonne scheint. Auf dem Weg zu Anna. Trotzdem im Nebel. Immer noch.

Wenn Max mit Michael am Abend von Moulins Kuhstall, wo sie die Milch geholt haben, nach Hause geht, ist es stockfinster im Dorf. Es gibt keine einzige Straßenlampe. Nur vor der Schule steht neuerdings eine Telefonzelle und wirft einen gespenstischen Lichtschein.

Die Dorfstraße ist im Spätherbst völlig verdreckt, der Asphalt kaum noch zu sehen. Zuckerrübenernte. Die Traktoren haben den Schlamm von den Feldern hergeschleppt.

Max verstaut zwei Taschen mit schmutziger Wäsche im Kofferraum des Peugeots. Sie haben keine Waschmaschine. Der nächste Waschsalon befindet sich dreißig Kilometer entfernt in

Amiens. Aber das Waschen lässt sich ja mit Einkaufen und einem Bummel durch die Stadt verbinden.

Michael klettert auf die Rückbank, während Anna zu Hause bleibt, um an ihren Kunstfiguren zu arbeiten, ihren «kleinen Menschen zum Anfassen – bitte nicht berühren». Max will starten, doch zwei große Vögel versperren direkt vor dem Auto den Weg. Truthahn und Truthenne. Der Hahn hat sich auf die Henne gesetzt. Max will ihm den Spaß nicht verderben und wartet. Es geht nicht lange und der Truthahn verdreht die Augen, fällt wie ein Stein von der Truthenne seitlich auf den Boden. Da treiben es die Fliegen länger. Und im Flug.

Nun ist aber gut, denkt Max, ausruhen kannst du dich woanders, und er drückt auf die Hupe. Die beiden Vögel machen sich aus dem Staub, Max kann losfahren.

44

Max, auf der Felsnase hoch über dem Grenzfluss, schaut hinunter auf das gestaute Wasser. Es ist grün wie die Tannen. Doch dies wird bestimmt nicht darauf zurückzuführen sein, dass jemand einen grünen Farbstoff hineingeschüttet hat, wie damals am Anfang des zwanzigsten Jahrhunderts.

Im Sommer 1901 fiel einem Spaziergänger bei der Loue-Quelle auf, dass der Fluss die Farbe, den Duft und den Geschmack von Absinth hatte. Kurz zuvor waren bei einem Brand der Destillerie Pernod in Pontarlier eine Million Liter des Aperitifs in den Doubs geflossen.

Ob diese Kunde die umliegenden Höfe rechtzeitig erreichte und sich Alt und Jung samt Hofhund, Kuh und Stier auf die Socken machte, um sich am Gratisapéro zu erlaben, ist nicht verbürgt. Verbürgt hingegen ist, dass dem Höhlenforscher Martel der Nachweis einer Verbindung zwischen diesen beiden Flüssen gelang. Er gab nahe Pontarlier grünen Farbstoff in eine Spalte im Flussbett des Doubs und beobachtete vierundsechzig Stunden später an der Loue-Quelle eine Grünfärbung des Wassers.

Die Fabrikbetreiber am Ufer des Doubs, deren Wasserkraft bei Niedrigwasser stark reduziert war, machten sich fieberhaft auf die Suche nach den Spalten im Flussbett, um sie zu stopfen. Die Anrainer der Loue, die die Trockenheit ihres Flusses befürchteten, protestierten lauthals. Nach einem Schiedsspruch durften die bereits gestopften Spalten in diesem Zustand belassen bleiben, neue aber nicht mehr gestopft werden.

Als 1910 der Absinth in der Schweiz verboten wurde, bot sich Pontarlier als grenznahe Versorgungsstation an. Zur Blütezeit 1913 gab es dort nicht weniger als 22 Brennereien. In den Doubs geflossen ist aber kein Tropfen mehr.

45

Am Oberlauf des Doubs, hoch über einer engen Schlucht, thront die Burg von Joux, die am Ende des «Ancien Régime» ein Staatsgefängnis war. Im Jahre 1776 war dort auf Betreiben seines Vaters der Publizist Mirabeau wegen Geldschulden inhaftiert. Er genoss aber etliche Freiheiten und durfte sich auch außerhalb der Burg aufhalten.

Im nahen Pontarlier hatte der 75-jährige Marquis de Monnier eine junge Frau geheiratet. Die 20-jährige Sophie, mit einer äußerst mageren Mitgift ausgestattet, hatte diese Vernunftehe dem Kloster vorgezogen. Mirabeau wurde der Hausfreund dieses ungleichen Paares. Und es kam, wie es kommen musste. Mirabeau genießt seine Freiheiten auch unter Sophies Röcken. Das Liebesverhältnis fliegt auf. Mirabeau muss fliehen.

Bei Anbruch der Nacht huscht eine Gestalt in Männerkleidern durch den Park hinter dem Haus des Marquis. Es ist Sophie. Und Max, auf Annas Felsen, überlegt, ob ein Bote von Mirabeau ihr heimlich die Kleider und ein Schreiben mit dem Fluchtplan gebracht hat. Oder sind es die Kleider eines Dieners im Hause des Marquis? Sophie wirft einen Blick zurück. Steht dort im ersten Stock nicht der alte Marquis am Fenster und beobachtet sie! Ist alles nur eine Finte, eine Falle! Will der Alte, der ihr Urgroßvater sein könnte, sich an ihr rächen?! Will er sie, da es ihm nicht gelungen ist, sie zusammen mit Mirabeau beim Liebesspiel zu überraschen, auf diese Weise vor aller Welt bloßstellen?! Denkt Mirabeau womöglich gar nicht daran, sein Wort zu halten und rettet sich, indem er sie ins Messer laufen lässt! Wird man sie mit Schimpf und Schande doch noch ins Kloster schicken?! Sophies Knie zittern. Ihr ist, als würde sie die Mauer des Parks nie erreichen. Und selbst wenn sie die Mauer erreichte, was würde es helfen, wenn dort nicht, wie versprochen, eine Leiter stände! Die Mauer ist viel zu hoch.

Ein Hund bellt. Astor, der Hund des alten Marquis! Sophie erreicht die Mauer. Und wo ist jetzt diese Leiter! Hat sie es doch geahnt! Die Tränen treten ihr in die Augen. Sie hastet der Mauer entlang. Ihr Fuß bleibt an etwas hängen. Beinahe wäre sie gestürzt. Es ist eine Leiter. Die Leiter! Gegen die Mauer gelehnt. Sie klettert hinauf. Auf der anderen Seite wartet tatsächlich ein Pferd. Ohne lange zu überlegen, springt sie auf den Sattel. Nur weg.

Sie holt Mirabeau an der Schweizer Grenze ein. 10 000 Pfund, dem Marquis nach und nach unterschlagen, sind zum Voraus in die Schweiz transferiert worden.

Ein gewisser Geldfluss in die Schweiz ist demnach keine Erfindung der Neuzeit, geht Max durch den Kopf.

Das Gericht von Pontarlier versteht in Liebesangelegenheiten keinen Spaß und verurteilt den Verführer in Abwesenheit zum Tode und die ungetreue Gattin zu lebenslangem Kloster.

Die Flüchtenden werden in Amsterdam verhaftet und an Frankreich ausgeliefert. Mirabeau rettet seinen Kopf, muss dem Marquis de Monnier aber 40 000 Pfund bezahlen und wird während vier Jahren in der Burg von Vincennes eingesperrt. Danach stellt er sich dem Gericht von Pontarlier und erreicht die Aufhebung des ersten Gerichtsurteils. Die resignierte Sophie hingegen bleibt freiwillig im Kloster.

Und Max, auf Annas Felsen, erinnert sich an ein Gedicht von Apollinaire:

Sous le pont Mirabeau coule la Seine

Et nos amours

Nachdem Mirabeau im Verborgenen mehrere erotische Bücher geschrieben und anonym veröffentlicht hatte, wurde er eine der führenden Personen während der Anfangszeit der Französischen Revolution. Er war maßgeblich an der Abschaffung der Privilegien des Adels und der Einziehung der Kirchengüter beteiligt. Seine Popularität erlitt freilich einen Rückschlag, als bekannt wurde, dass er sich seinen Lebensunterhalt vom französischen Königshof bezahlen ließ. Trotzdem wurde er am 29. Januar 1791 Präsident der Nationalversammlung. Dieses Amt bekleidete er zwar nur für zwei Wochen. Am 2. April des gleichen Jahres starb Mirabeau im Alter von zweiundvierzig Jahren plötzlich, so dass man einen

Giftmord vermutete. Er wurde mit einem Staatsbegräbnis im Panthéon beigesetzt.

Nachdem weitere Beweise seiner Verbindung zum Königshof gefunden worden waren, wurde sein Leichnam im November 1793 aus dem Panthéon entfernt.

Ein Grabmal von Mirabeau ist auf dem Alten Friedhof von Freiburg im Breisgau zu finden. So überschritt er die Grenze auch noch nach seinem Tod.

46

Am 14. Juli, dem französischen Nationalfeiertag, in Gedenken an den Sturm auf die Bastille 1789, dem Anfang der Französischen Revolution, am 14. Juli marschiert die Blasmusik von Warlus durch die Dorfstraße, fünf Männer und drei Frauen.

Ihr Spiel ist nicht gerade der reinste Ohrenschmaus. Gerade deshalb wird es einem richtig warm ums Herz.

Anna und Max schließen sich mit Michael wie die anderen Dorfbewohner hinten an, marschieren mit.

Vor dem Haus des ältesten Dorfbewohners wird Halt gemacht. Er sitzt vor seiner Tür auf einem hohen Lehnstuhl, den er zu seiner Ehrung von der Gemeinde geschenkt bekommen hat; ein dürres Männchen, das auf diesem großen Stuhl noch viel kleiner wirkt.

Der Bürgermeister hält eine Rede. Der Sohn des Alten, ein stämmiger Mann um die dreißig, wischt sich eine Träne von der Wange.

Max stapft durch den Schnee. Mit Nationalfeiertagen kann er nicht viel anfangen, aber diese Ehrung hat ihn richtig berührt.

Max mag sie nicht, all diejenigen, die stolz darauf sind, Franzose, Spanier, Türke oder Schweizer zu sein. Aber ebenso dumm findet er es, wenn jemand sagt, er schäme sich dessen, dies meist aus einem politischen Grund oder wegen des Verhaltens der Landsleute.

Stolz ... Max hebt die Mütze hoch, wischt sich mit der Hand den Schweiß ab. Das Wandern im Schnee ist anstrengend, viel anstrengender noch als im Sand.

Stolz ... Ein Fehler, ein Manko meinerseits, denkt Max. Mag sein.

Stolz, welcher Art auch immer, Stolz ist oft, zu oft, ein Mantel, damit die Erbärmlichkeit nicht friert. Bloße Angeberei war Max schon immer zuwider. Die Aufschneider konnte er schon als Kind nicht besonders leiden. Natürlich können sie sich oft besser verkaufen, haben mehr Erfolg. Aber das liegt ihm nicht. Er kann sich schlecht verkaufen. Das ist mit den Jahren nicht besser geworden.

Und wieder Schnee im Schuh. Max hat aber keine Lust, ihn schon wieder auszuziehen. Nützt ja doch nichts, oder nur für kurze Zeit.

Mirabeau reitet mit Sophie in der Nacht über die Schweizer Grenze. Ahnungslos, dass sie in die falsche Richtung reiten.

Die einen reiten immer in die falsche Richtung, denkt Max. Für die einen ist die falsche Richtung immer die Richtige, für andere die Richtige die Falsche. Aber immer wieder ein Kreuzweg. Immer wieder eine Grenze.

47

Die französischen Zöllner durchsuchten an der Grenze im Jura das Auto von vorne und hinten. Ohne etwas zu finden. Max und Anna befanden sich mit Michael wieder einmal auf dem Weg in die Schweiz, hatten aber keine von Annas Kunstfiguren dabei. Gleich darauf trieben die Schweizer Zöllner, die aus hundert Meter Entfernung alles mitverfolgt hatten, das gleiche Spiel. Sie fanden ebenfalls nichts, obwohl sie noch die Sitze heraushoben. Es gab ja auch nichts zu finden.

Fast eine Stunde Zeit verloren. Es war bereits Abend, es würde spät werden, bis sie in Bern ankämen. Einer der Zöllner sagte, es sei ja nicht mehr so weit, und hier in der Schweiz seien die Straßenverhältnisse gut. Merci beaucoup, Herr Zöllner!

Und wieder an der Grenze im Jura, diesmal nicht in Les Verrières, sondern in La Cure hoch über dem Genfersee. Anna hat eine Ausstellung in Coppet.

Nachdem der Zöllner mit den Pässen kurz im Büro verschwunden ist, händigt er sie wieder aus und wünscht gute Fahrt. Und Max hat keine Ahnung, dass der Zöllner ein mit «VERTRAULICH» bezeichnetes Formular «Meldung von Oststaatenreisenden» an die Bundespolizei schickt. Unter Reiseziel sind verschiedene Staaten bereits vorgedruckt: «DDR, Polen, Tschechoslowakei, Ungarn, Bulgarien, Rumänien, UdSSR»; der Zöllner muss nur richtig ankreuzen. Und Max kriegt ein Kreuzchen bei der DDR.

«Wenn möglich, Zeitpunkt der Reise:» – «Unbekannt».

Hier ist es schon schwieriger, der Zöllner muss es eigenhändig schreiben. Und auch Folgendes: Zum Zeitpunkt des Grenzübertritts in die Schweiz sei er in Begleitung einer Frau mit westdeutschem Pass und eines Kindes gewesen, Fahrzeug: Peugeot 204, weinrot.

Max war mit Anna mehrmals in Westberlin gewesen, für die Fahrt durch die DDR wurde im Zug jeweils von den DDR-Zollbeamten ein Transit-Visum in den Pass gestempelt, obwohl man unterwegs nicht hätte aussteigen können, der Zug hielt in der DDR höchstens auf offener Strecke. Sie besuchten ebenfalls für einen Tag Ostberlin, wobei ebenfalls ein Stempel in den Pass gedrückt wurde.

Anderthalb Jahre später wird vom Basler Zoll mit einem gleichen Formular Meldung erstattet, was Max nie erfahren hätte, wenn nicht einige Jahre danach die Bespitzelung und Registrierung von Hunderttausenden, über die sogenannte «Fichen» erstellt worden waren, aufgeflogen wäre. Nach hartnäckigem Nachhaken bekommen die Betroffenen Einsicht in ihre Akten, wobei aber gewisse Stellen schwarz abgedeckt sind.

Bespitzelt und registriert wurden alle, die die Verhältnisse öffentlich hinterfragten oder an entsprechenden Veranstaltungen teilnahmen, womit sie als «Linke» galten. Bespitzelt wurden Journalisten, Schriftsteller, selbstverwaltete Betriebe, Drittwelt-Gruppen, AKW-Gegner, Teilnehmer an Ostermärschen gegen atomare Aufrüstung, die Anti-Apartheid-Bewegung, Teilnehmer an Demonstrationen gegen die Militärdiktatur in Chile, pazifistische Gruppen, Frauenbewegungen ... Eine lange Liste von Organisationen.

Max hatte drei Jahre vor dessen Frankreichaufenthalt auf der Liste der Partei der Arbeit (der kommunistischen Partei) als Parteiloser für die Parlamentswahlen der Stadt Bern kandidiert. Max hatte im Voraus gewusst, dass er nicht gewählt werden würde, die Partei hatte keinen einzigen Sitz mehr gehabt und blieb auch nach den Wahlen ohne Sitz. Wegen dieser Kandidatur wurde Max aber – wenn er auch keine Ahnung davon hatte – in die Extremistenkartei aufgenommen. Bei einem Krisenfall war geplant, die Extremisten zu verhaften, in verschiedenen Strafanstalten waren bereits Zellen reserviert, die Schweizer Armee übte zudem, für sie in abgelegenen Berggegenden Gefangenenlager zu errichten.

Nachdem der Basler Zoll ebenfalls Meldung über angebliche DDR-Reisen von Max an die Bundespolizei erstattet hatte, schrillten endgültig die Alarmglocken. Über M. sei ein gründlicher Erhebungsbericht zu erstellen. Damit beauftragt wurde der Nachrichtendienst der Sicherheits- und Kriminalpolizei der Stadt Bern.

In einem zweiseitigen Bericht stellte dieser fest, dass die Freundin von M. vor ihrer Scheidung in Berlin gewohnt habe und offenbar immer noch Beziehungen dorthin unterhalte. Es dürfe davon ausgegangen werden, dass M. seine Freundin kürzlich dorthin begleitet habe und dabei die erwähnten DDR-Notierungen in seinem Pass gemacht worden seien. Von einem eigentlichen Aufenthalt in der DDR sei nichts bekannt. Erwähnt wurde, dass Anna in Bern einen Sohn geboren hatte, der von M. voll anerkannt worden war. Wieso dieser seine Freundin nicht geheiratet habe, entziehe sich ihren Kenntnissen, möglicherweise seien dabei steuertechnische Überlegungen ausschlaggebend.

Obwohl Max auf der Kandidatenliste der Partei der Arbeit als Parteiloser figuriert hatte und vor den Wahlen nur an zwei Parteisitzungen teilgenommen hatte, danach wieder auf Distanz ging, gerade auch wegen der unkritischen Haltung einiger Parteileute gegenüber der DDR, wurde er vom Nachrichtendienst zum harten Kern der PDA gezählt.

Wegen dieser Kandidatur von Max wollte der Direktor des Stadttheaters damals Anna die Stelle kündigen, mit der Begründung, interne Informationen des Stadttheaterbetriebes könnten über Max an die Öffentlichkeit gelangen.

Der Direktor, ein kleiner Mann mit Vollglatze, gab gerne den väterlichen Patron, der von vielen Mitarbeitern zwar verehrt, aber wegen seiner autoritären Führung auch gefürchtet wurde. Der kleine Gottvater des Stadttheaters.

Der Direktor also wollte Anna wegen Max die Stelle kündigen. Doch die Leiterin der Kostümabteilung, Annas Chefin, unter der sie wegen deren Bärbeißigkeit oft litt, stellte sich vor sie, so dass schließlich darauf verzichtet wurde. Max hingegen erhielt ein Hausverbot.

Weniger Glück hatten andere, über die eine geheime Akte angelegt worden war, sie wurden nicht befördert oder verloren sogar die Stelle, ohne zu wissen wieso.

Zu dieser Zeit gab es in der Schweiz wie in anderen europäischen Ländern eine Geheimarmee, die jeglicher Kontrolle von Regierung und Parlament entzogen war.

Geheimarmee ... und Max kickt seitlich der Fußstapfen in den Schnee. Die aufgeflogene Geheimarmee musste schließlich aufgelöst werden. Insofern sie nicht mehr geheim war. Aber wer weiß, welches Netz von Geheimnissen unter der Oberfläche der Demokratie erneut gesponnen wurde.

Nicht bekannt war damals und Jahre danach, dass die Beziehungen der Schweiz zum Regime in Südafrika am intensivsten waren, als die Politik der Rassentrennung am stärksten mit offener Gewaltanwendung verbunden war. Es gab viele, die aus politischer Überzeugung die Apartheidregierung unterstützt und dabei mit Geschäften viel Geld verdient hatten. Die

Schweizer Behörden unterstützten die Unterlaufung des Waffenembargos über Tochter- und Partnerfirmen in den Nachbarstaaten, indem sie bei der Zulieferung von Bestandteilen aus der Schweiz keine Endverbraucherbescheinigung forderten.

Obwohl Südafrika international immer isolierter war, tauschte die Schweizer Luftwaffe auf der Grundlage eines Geheimabkommens von 1983 Piloten mit der südafrikanischen Armee aus.

Die Verharmloser bezeichneten diese Beziehungen – einmal publik gemacht – als kalten Kaffee von gestern, als aufgewärmte Suppe und hofften, dass bald kein Hahn mehr danach kräht.

Ist der Gedanke abwegig, dass einige der Verharmloser immer noch an schmutzigen Geschäften mitverdienen, fragt sich Max. Natürlich sehen sie es selber nicht so.

Links ragen jetzt aus weiter Ferne die Spitzen von Eiger, Mönch und Jungfrau hervor, der Blick nach rechts, in den Norden, reicht über mehrere Höhenzüge weit nach Frankreich.

48

Anna, Max und Michael laufen über den Strand. Laufen den Wellen nach, wenn sie sich zurückziehen, springen zurück, wenn sie erneut anrollen.

Jede fünfte oder sechste Welle ist größer, läuft weiter aus. Es heißt aufpassen.

Natürlich holen sie sich nasse Füße.

Die Grenze zwischen Land und Wasser verschiebt sich unaufhörlich.

Sie fahren öfters mit ihrem alten Peugeot die fünfzig bis siebzig Kilometer ans Meer. An der Grenze zur Normandie, bei Le Tréport, eine hohe Steilküste, weiter nördlich lange Sandstrände, Dünen. Bei Ebbe zieht sich das Meer weit zurück. Hie und da ein Bunker aus dem Zweiten Weltkrieg, schief im Sand.

Der Strom aus der neuen Welt, der hier vorbeifließt, verschafft ein mildes Klima.

Max stapft durch den Schnee.

«Ich lebe noch acht Monate», sagt Anna. Und die CD spielt «Aus der Neuen Welt». Anna sitzt am Fenster. Die Zeitung verkehrt in der Hand. Die Sonne scheint schräg herein.

Rollt. Rollt. Der rotblaue Ball.
Onkel, Onkel, ätsch!

Endlich auf Annas Felsen angelangt, zieht Max erneut die Schuhe aus, klaubt den Schnee heraus und von den Socken, die er anschließend an der Sonne trocknen lässt.

Der gestaute Grenzfluss tief unter ihm ist zugefroren, Schnee liegt auf der Eisdecke.

Max erinnert sich, dass Anna von einem ihrer Onkel erzählte, der jünger war als sie. Und Max sieht die kleine Anna einem rotblauen Ball hinterherlaufen. Erinnerungen, die auftauchen, wieder verschwinden. Man müsste sie notieren, um sie festzuhalten. Aber wozu sie festhalten?

Später, Max hat sich wieder auf den Weg gemacht, befindet sich etwas weiter drüben in der wilden Schlucht, die Stelle weniger gefährlich als bei Annas Felsen, er daher weniger vorsichtig, schaut zurück, da rutscht er plötzlich aus, saust dem

Abgrund entgegen. Ein Bäumchen ragt an der Steilwand empor. Max kann sich daran festklammern.

Nur die Nase aufgescheuert. Den Schreck in den Gliedern, das wohl. An der Grenze. Die Nase brennt. Und das tut gut.

Der Pfad in der Schlucht wird immer schmaler, keinen Fuß breit, im Felshang unter dem Schnee zum Teil nicht mehr sichtbar. Ein falscher Schritt, und du bist weg. Und dies erinnert ihn an einen Pfad in einer Felswand in der Nähe von Cassis. Er hatte die Gefahr völlig unterschätzt, ignoriert, merkte zu spät, in welch lebensgefährliche Situation er geraten war.

Max und Anna waren mehrmals nach Cassis in die Ferien gefahren, von wo sie durch die Calanques, wie die fjordähnlichen Buchten mit den bizarren Felsformationen zwischen Marseille und Cassis heißen, wanderten. Der recht anspruchsvolle Wanderweg führt durch Felsencouloirs hinunter und wieder hinauf bis auf fünfhundert Meter über Meer. Einmal bog Max vom rotweißen Wanderweg auf einen schwarz markierten Pfad ab, der außen um die Grande Candelle führt, einen Felskoloss, der wie ein hoher, dicker Zylinder in den Himmel ragt, während Anna es vorgezogen hatte, in Cassis am Strand an der Sonne zu liegen.

Plötzlich merkt Max, dass er sich mitten in der Steilwand befindet, die gut dreihundert Meter bis zum Meer abfällt. Das kommt davon, Gedanken nachzuhängen. Der Pfad nur noch einen Fuß breit. Auf der einen Seite geht es fast senkrecht hinauf, auf der andern beinahe senkrecht hinunter. Max wagt sich kaum mehr vorwärts, wagt noch weniger, sich umzudrehen und zurückzugehen. Vorsichtig setzt er einen Fuß vor den andern, kalter Schweiß läuft ihm den Rücken hinunter.

Jetzt, auf dem verschneiten Pfad im Steilhang der Schlucht, bricht ihm wieder der Schweiß aus. Keine Spuren mehr vor ihm.

49

Der Hausarzt ist am Abend nach Praxisschluss zu ihnen nach Hause gekommen. Er fragt Anna, was sie sich noch wünschen würde. Ob sie noch einmal eine Reise machen möchte? Noch einmal ans Mittelmeer, nach Cassis, wo sie mit Max schon öfters gewesen sei und wo es ihr immer so gut gefallen habe? An einen vertrauten Ort, das wäre das Beste. Das könnte durchaus zu realisieren sein. In ein paar Monaten. Im Frühling.

«Nein», sagt Anna, «ich wünsch mir … ich wünsch mir, wieder normal gehen zu können.»

«Muss ich denn sterben?», fragt Anna. «Kann es nicht einfach so weiter gehen? Kann ich nicht einfach hier bleiben?»

Keine Spuren mehr vor ihm. Der schmale Pfad im Felshang verschneit.
Im nächsten Frühjahr wird der Schnee auf dem Weg zu Anna noch höher liegen. Bei jedem Schritt wird Max einsinken.

Max arbeitet dienstagabends von fünf bis neun im Kunstmuseum. Die Nachbarin schaut kurz bei Anna vorbei, zuweilen auch noch ihr Mann, wenn er gegen acht Uhr – er arbeitet laufend Überstunden – nach Hause kommt.

Anna liegt im Bett. Der Nachbar fragt, ob er beim Hinausgehen das Licht löschen solle. Anna verneint. Sie wolle noch nicht schlafen, sie warte, bis Max nach Hause komme.

Anna weiß nicht, wer von beiden sterben muss, sie oder Max, sie weiß nur, dass einer sterben wird. Noch scheint nichts entschieden.

Anna sagt, im Grunde genommen möchte sie sterben. Aber jetzt sei es zu spät.
Anna sagt, sie sterbe in acht Monaten.
Die starke Dosis Cortison soll helfen, die Schwellung abzubauen. Bestrahlung und Chemotherapie sollen den Tumor zurückdrängen oder wenigstens am Wachsen hindern und Annas Zustand verbessern. Wenigstens für eine Weile.

50

Und wieder sind sie über die Grenze gezogen. Zurück nach Bern, wo Anna am Stadttheater erneut eine Stelle als Assistentin der Leiterin der Kostümabteilung angeboten wurde. Zudem ist Anna es leid, einen weiteren Winter in diesem schlecht heizbaren Häuschen in Warlus zu verbringen, wenn auch die Sommer, eingesunken im Grünen, recht angenehm waren. Doch im Winter bleibt der Fußboden, ohne Unterkellerung, empfindlich kalt, und die Gegend ist feucht.

Nachdem sie in Bern eine Wohnung gefunden haben, holt Max mit einem Kleinlaster, einem Kastenwagen, den er gemietet hat, ihre Habseligkeiten, die sie auf dem Dachboden des

Häuschens zwischen und unter unzähligen Spinnennetzen abgestellt hatten.

Unterwegs zwischen Dijon und Paris hält er bei einer Autobahntankstelle. Plötzlich merkt er mit einem Blick auf die Tanksäule, dass der Tankwart Diesel einfüllt. Max springt erschrocken aus der Führerkabine. Der Tank ist bereits zur Hälfte gefüllt. Der Tankwart rechtfertigt sich, hier in Frankreich hätten Kastenwagen dieser Art immer einen Dieselmotor. Und er versichert Max, die zweite Hälfte des Tanks mit Benzin gefüllt, werde er ohne größere Probleme weiterfahren können, nur so rasch als möglich nachtanken und immer zügig fahren, im Schritttempo könnte es den Kastenwagen vielleicht ein bisschen schütteln.

Gegen Paris zu wird der Verkehr immer dichter, die Kolonne wird immer langsamer. Und der Kastenwagen fängt an zu rütteln und zu lärmen, dass Max der Schweiß aus allen Poren bricht. Verwunderte Blicke aus den Autos auf der Überholspur. Der Kastenwagen lärmt, schüttelt und rüttelt. Max könnte sich eine angenehmere Massage vorstellen. Zum Glück ist der Magen leer.

Er ist heilfroh, als er die Ringautobahn von Paris endlich hinter sich lässt, ohne liegen geblieben zu sein.

Inzwischen ist die Nacht hereingebrochen, Nebel liegt auf dem Land, die Straße in der Picardie ist plötzlich wie ausgestorben. Und auch der Kleinlaster fährt wieder ruhig. Auf dem im Vergleich zu einem Auto erhöhten Sitz fühlt sich Max wie auf der Kommandobrücke eines Schiffes, das durch einen weißen See treibt. Zuweilen die Umrisse von Bäumen, Häusern.

Max übernachtet bei Georges und Claire-Lise, dem befreundeten Fotografenehepaar. Wie er am andern Morgen den

Kastenwagen starten will, tut dieser keinen Wank. Auch das noch! Claire-Lise ruft die Autowerkstätte in Airaines an, die eine Pannenhilfe schickt. Die Batterie ist ganz einfach leer.

Nachdem Max in Warlus das abgestellte Hab und Gut aus dem Dachboden in den Kastenwagen verladen hat, springt der Motor wieder nicht an. Wieder muss er die Pannenhilfe beanspruchen. Die Batterie ist erneut leer. Sie entdecken im Innern des Kastenwagens eine brennende Lampe und schließlich auch in der Führerkabine den entsprechenden Schalter. Nun sollte er die Rückfahrt ohne weitere Probleme antreten können. Doch das Bisherige war nur ein Vorspiel.

Diesmal vermeidet er Paris und fährt weiter östlich auf der Landstraße in Richtung Basel.

Gegen Abend erreicht er Belfort und beschließt, hier in einem Hotel zu übernachten. Am nächsten Morgen führt die Straße außerhalb der Stadt über mehrere Kilometer ziemlich steil einen Hang hinauf. Der Kastenwagen wird immer langsamer, verliert jegliche Kraft, lässt sich auch nicht mehr schalten, Max kann ihn im nächsten Dorf gerade noch auf einen Gehsteig rollen lassen.

Zum Glück findet er im Ort eine Autowerkstatt, die den Kastenwagen abschleppt. Die Kupplung sei kaputt, sie müssten eine neue im VW-Werk bei Mülhausen holen und einbauen, vor morgen Mittag sei das nicht fertig. Scheiße!

Die Frau des Werkstattbesitzers fährt Max zu einem Hotel, das zwischen diesem und dem Nachbardorf liegt. Er ruft Anna an und berichtet, was passiert ist und dass er demnach erst morgen Abend eintreffen werde. Anschließend legt er sich in die Badewanne, doch obwohl er ein sehr schönes Zimmer bekommen hat, hebt sich seine Stimmung kaum. Erst nach einem guten Abendessen und einem halben Liter Rotwein fühlt er sich ein bisschen wohler.

Am anderen Morgen nimmt ihn ein Handelsvertreter, der im gleichen Hotel übernachtet hat, in seinem Auto mit. Zurück im Dorf mit der Autowerkstatt, spaziert Max, um sich die Zeit zu vertreiben, durch die Nebenstraßen. Plötzlich saust ein Boxer aus einem Garten und schnappt ihn am linken Fuß. Immerhin wird der Hund zurückgepfiffen und er gehorcht. Die Besitzerin des Hundes jedoch lässt sich gar nicht erst blicken. Zwar schmerzt der Fuß noch eine Weile, aber es scheint nicht weiter schlimm zu sein, jedenfalls hat Max keine Lust, auch noch einen Arzt aufzusuchen.

Wie er gegen Mittag bei der Autowerkstatt eintrifft, ist die Reparatur des Kastenwagens gerade fertig geworden. Nachdem er die Rechnung beglichen hat, setzt er sich erleichtert ans Steuer. Endlich nach Hause!

Die Freude währt nicht lange. Er hat kaum die letzten Häuser des Dorfes hinter sich gelassen, als er wieder liegen bleibt.

Einen Augenblick später fährt der Autowerkstattbesitzer mit einem Pannenfahrzeug vorbei, hält an. Was denn jetzt los sei? Er schaut sich die Sache an, ruft aus, die Kupplung sei wieder kaputt, was Max bloß angestellt habe!

Am selben Abend ist diesmal die neue Kupplung bereits eingebaut, wieder eine Fünf-Gang-Kupplung, wie die vordere, obwohl der Kastenwagen vorher eine Vier-Gang-Kupplung hatte. Der Werkstattbesitzer rechtfertigt sich, hier in Frankreich hätten Kastenwagen dieser Art alle eine Fünf-Gang-Kupplung. Max sei bestimmt am Mittag im falschen Gang losgefahren, deshalb der Schaden.

Max wundert sich, das kann doch nicht sein, jedenfalls hatte der Kleinlaster ursprünglich ganz bestimmt nur vier Gänge, sonst wäre ihm das schon längst aufgefallen, mittlerweile hat er damit über tausend Kilometer zurückgelegt. Aber was soll er machen, es ist Freitagabend, er muss endlich zurück nach Bern, muss den Kastenwagen spätestens am nächsten Vormittag zurückgeben.

Die neue Kupplung lässt sich denn auch nicht gut schalten, aber immerhin kann er ohne weitere Panne die Fahrt fortsetzen.

Wie Max später von der VW-Generalvertretung in Bern erfährt, kann das Losfahren im falschen Gang bestimmt nicht der Grund gewesen sein, dass eine neue Kupplung gleich wieder kaputt gegangen ist. Die Firma, bei der er den Kleinlaster gemietet hat, will jedoch nur die Hälfte der Reparaturkosten bezahlen.

Max setzt sich mit eingeschriebenem Brief an den Direktor zur Wehr, wobei er andeutet, dass er als Schriftsteller beste Beziehungen zu den Medien habe, was zwar geschwindelt ist. Doch die Rechnung wird schließlich stillschweigend von der Vermieterfirma voll und ganz beglichen.

51

Es ist bereits zwanzig Uhr, wie Max am Basler Zoll anlangt. Die Franzosen winken ihn durch. Der Schweizer Zöllner aber erklärt, der Warenzoll sei ab zwanzig Uhr geschlossen, er könne ihn nicht hereinlassen, selbst wenn es sich um Umzugsgut handle, für das kein Zoll zu bezahlen sei, aber deklariert müsse es trotzdem werden. Max bleibt nichts anderes übrig, als zu wenden.

Jetzt tritt eine französische Zöllnerin auf die Straße und fragt, was los sei. Max erzählt es ihr, sie grinst und erklärt ihm einen Schleichweg zum nächsten Zollposten.

Dort angelangt, wirft der französische Zöllner einen Blick in den Pass und fragt, ob Max wirklich Schriftsteller sei. Er bejaht, und der Zöllner winkt ihn durch, ohne sich um die Umzugsliste zu kümmern, das sei schon in Ordnung.

Zwei Schweizer Zöllner schreiten um den Kastenwagen. Nein, sie könnten ihn unmöglich abfertigen, nach zwanzig Uhr gehe da nichts mehr.

Max erklärt ihnen, dass er den gemieteten Kastenwagen morgen Vormittag unbedingt zurückgeben müsse, und auf Umzugsgut werde ja ohnehin kein Zoll erhoben.

Der Jüngere der beiden zeigt Verständnis, doch der Ältere bleibt stur. Die Formalitäten müssten nun mal eingehalten werden.

Nach einigem Hin und Her findet der Ältere dann doch eine Lösung. Da es sich um einen Kastenwagen mit geschlossenen Seitenwänden handle, könnten sie die Ladetür versiegeln, ja, das ließe sich machen, das erlaube Max, morgen die Formalitäten auf dem Zollamt von Bern zu erledigen.

Es geht gegen dreiundzwanzig Uhr, als Max endlich in Bern eintrifft.

Samstagvormittag. Das Tor des Zollamtes beim Güterbahnhof ist zugesperrt.

Max packt langsam die Verzweiflung. Was soll er jetzt anfangen? Die Ladetür des Kastenwagens ist plombiert, er macht sich strafbar, wenn er einfach die Plombe aufbricht. Aber den Kleinlaster muss er noch heute Vormittag zurückgeben. Ganz abgesehen davon, dass jeder weitere Tag eine Stange Geld kostet, ist der Wagen bereits weitervermietet.

Max entdeckt in der Nähe eine Telefonzelle. Ohne große Hoffnung ruft er beim Zollamt an.

Ein Anrufbeantworter gibt die Auskunft, dass man sich am Wochenende beim Freizolllager der internationalen Transportfirma K + O melden solle.

Die Firma befindet sich ganz in der Nähe. Ein Angestellter nimmt die Plombe weg und bestätigt es auf der Umzugsliste. Das Ganze hat nur ein paar Minuten gedauert.

Erleichtert klettert Max in die Führerkabine des Kastenwagens. Ein Zug rattert vorbei. Und im Morgenhimmel die bleiche Sichel des Mondes. Aus dem hohen Schornstein der Verbrennungsanstalt steigt eine weiße Rauchfahne. Etwas näher die beiden Schornsteine des Krematoriums, für Max im Augenblick ohne Bedeutung.

Später dann die erste Nacht in der neuen Wohnung.

Auslaufende Wellen. Mond über dem Meer. Leises Rauschen.

52

«Anna, wir mussten das Auto schon wieder anschieben!», ruft Michael, als Anna am Abend nach Hause kommt.

«Wieso sagst du zu Max eigentlich ‹Papa› und zu mir sagst du immer ‹Anna›?»

Michael zuckt mit den Schultern. Er hat es sich so angewöhnt. Aber seither sagt er zu seinem Papa ebenfalls nur noch «Max». Im Grunde genommen ist es diesem egal. Den alten Peugeot jedoch muss Max noch öfters anschieben. Es ist Winter. Zum Glück ist die Straße, an der sie wohnen, leicht abfallend. Natürlich muss er immer aufpassen, ihn in der richtigen Richtung zu parken, so dass er hinunterrollen kann. Und beim Anschieben mit offener Tür muss Max aufpassen, dass er nicht ausrutscht oder das Auto aus sonst einem Grund davon rollt, bevor er hinter das Steuer gesprungen ist.

Der Peugeot landet schließlich auf dem Autofriedhof. Zurück bleibt nur der rechte Außenspiegel, den Anna vorher abmontiert hat und jetzt auf irgendeinem Regal unter anderen Habseligkeiten liegt.

«Pfui Teufel, ein Neger!», geifert der Nachbar vom dritten Stock, nachdem ihnen gegenüber eine weiße Frau mit einem Mann schwarzer Hautfarbe eingezogen ist. «Pfui Teufel, ein Neger!» Seine Frau lächelt schief.

Der Nachbar trägt sein altes Hündchen, das kaum mehr laufen kann, jeden Tag die Treppen hinunter, um es Gassi zu führen. Natürlich versichert er, nichts gegen Ausländer zu haben. Aber doch nicht ein Neger als Nachbar. Sie ziehen so schnell als möglich weg, weil sie sich das nicht antun wollen.

«Ich habe nichts gegen Tamilen», hört Max in der Straßenbahn, «aber jetzt wollen die von den Verkehrsbetrieben sogar solche als Fahrkartenkontrolleure einstellen. Soll mich mal einer von denen kontrollieren wollen!»

53

In den Schaufenstern werden wieder weiße Brautkleider ausgestellt. «Für den schönsten Tag des Lebens.» Bald ist Frühling. Dann steigen nicht nur in den Bäumen die Säfte. Aber ob die Menschen im Frühling öfters kopulieren, ist nicht erwiesen. Sonst müssten viel mehr Kinder im Winter geboren werden als in den übrigen Jahreszeiten.

«Wie auch immer», meint Anna, «aber gebumst wird oft im Finstern. Und im Winter sind die Nächte länger.»

«Früher durfte nur in Weiß heiraten, wer – angeblich – noch Jungfrau war», sagt Max.

«Angeblich ist gut! Da wären etliche Geschäfte auf ihren weißen Brautkleidern sitzen geblieben. Na! Heutzutage gäbe es sie schon gar nicht mehr. Aber auch früher hat der Pfarrer nicht unter dem Brautkleid nachgeprüft, ob noch alles in Ordnung ist.»

«Sei nicht so obszön.»

«Was ist daran obszön?»

«Die Kinder werden eben nicht nur vom Storch gebracht», sagt Max nach kurzem Schweigen.

«Aha! Welche Neuigkeit!»

«Die in der Jungfrau geboren sind, bringt der Nikolaus. Wenigstens, wenn man vom Zeitpunkt der Zeugung ausgeht.»

«Tatsächlich!», entgegnet Anna.

«Wenn der Winter vor der Tür steht, trauert man den Sommertagen nach, sehnt sich nach Wärme, viel mehr noch als im tiefen Winter. Die neun Monate später geborenen Jungfrauen sehnen sich ein Leben lang danach», sagt Max, der ebenfalls eine Jungfrau ist.

Und dann sagen beide für eine Weile nichts mehr.

Im Frühling heiraten auch Anna und Max. Dies aus rein prosaischen Gründen. Zum einen ist es Anna verleidet, immer wieder die Aufenthaltsbewilligung zu erneuern, zum andern wird in der Schweiz in Bälde das bisherige Recht geändert, dass eine Frau bei der Heirat sofort und automatisch das Schweizer Staatsbürgerrecht bekommt. Wenn, dann jetzt. Die Brücken zu Deutschland hat Anna längst abgebrochen.

Nach der Zeremonie auf dem Standesamt mit den üblichen Floskeln, wobei Michael, der hinter dem Brautpaar sitzt, laut lachen muss, fahren sie zusammen mit dem Sohn auf Hochzeitsreise nach Barcelona.

Im Bahnhof von Bern merkt Anna plötzlich, dass sie den Pass zu Hause vergessen hat. Zum Glück sind sie rechtzeitig aufgebrochen, weil sie die Hochzeitsreise gemütlich angehen wollten. Also hasten sie wieder zur Straßenbahnhaltestelle, und zum Glück kommt gerade eine gefahren. Trotzdem wird die Zeit knapp, sehr knapp. Anna klingelt bei der Wohnungsnachbarin. Drittes Glück: die Nachbarin ist zu Hause und bereit, sie mit dem Auto zum Bahnhof zu fahren. In letzter Minute erreichen sie den Bahnsteig.

Eine Lautsprecherstimme verkündet, dass in Spanien die Eisenbahner streiken und der Bahnverkehr unterbrochen ist.

«So ist das mit dem schönsten Tag des Lebens», meint Max.

Doch schon fährt der Zug nach Genf ein. Also einsteigen, was sonst?

In Genf sind sie bei weitem nicht die Einzigen für den Nachtzug nach Barcelona, ganz im Gegenteil. Max fragt mehrere Mitreisende, ob sie wüssten, wie es weitergehe. Doch niemand weiß Bescheid. Also lassen sie sich ebenfalls auf ihren reservierten Pritschen im Liegewagen nieder.

Ihre Hochzeitsnacht in stickiger Luft wird gegen halb fünf durch ein Pochen gegen die Schiebetür beendet. Eine Stimme ruft, alle Reisenden nach Barcelona müssten den Zug beim nächsten Halt in Perpignan verlassen. Dort lagern sich Anna, Max und Michael mit vielen andern Gestrandeten in der Bahnhofshalle auf dem Steinboden. Es ist kalt. Die Bahnhofswirtschaft ist geschlossen. Private Busse sollen sie irgendwann nach Barcelona transportieren.

Etwas nach sechs Uhr heißt es plötzlich, Buskarten müssten draußen im Busbüro erstanden werden. Eine Menschenmenge stößt und drängelt sich dort in einem schlauchartigen Raum vor dem Schalter, kämpft um eine Fahrkarte, als hänge das Leben jedes einzelnen davon ab, schon fast ein Wunder, dass niemand zu Boden gestoßen und zertrampelt wird. Max hat so was noch nie erlebt.

Schließlich finden alle einen Platz in einem der Busse. Bald schon, wenn auch mit etlicher Verspätung, fahren sie über die spanische Grenze.

54

Die Nachbarin mit dem Ehemann schwarzer Hautfarbe läuft gegen Mitternacht die Treppen herunter. Im Erdgeschoss bleibt sie vor der Wohnungstür von Anna und Max mucksmäuschenstill stehen, öffnet die Tür zur Kellertreppe, schließt sie wieder, huscht hinauf in den ersten Stock, bleibt stehen, kehrt nach einer Weile zurück, öffnet und schließt die Tür zur Kellertreppe und läuft hinauf in ihre Wohnung im dritten Stock. Und dies jede Nacht.

Etwas nach Mittag rennt sie die Treppen herunter, öffnet im ersten Stock das Fenster zum Hof, welches dabei ein lautes Knarren von sich gibt, schließt es einen Augenblick später wieder, rennt die letzte Treppe hinunter und auf die Straße hinaus, wobei sie lamentiert, jetzt sei sie wirklich zu spät. Sie kehrt noch mal zurück, rüttelt an der Haustür, um sich zu vergewissern, dass diese ins Schloss gefallen ist. Dies jeden Werktag.

Nachdem sie am Abend aus der Straßenbahn gestiegen ist, bleibt sie nach zwanzig Schritten stehen, schaut zurück, geht wieder zwanzig Schritte, schaut zurück.

Ihr Husten ist bis ins Erdgeschoss zu hören. Und sie hustet oft, sobald sie in der Wohnung ist. Es tönt wie das Bellen eines Hundes. Wenn Max an ihrer Tür vorbeigeht, um in die Mansarde hinaufzusteigen, wird das Bellen drohender. Manchmal wird das Fensterchen in der Tür aufgerissen. Blondes Haar, das Gesicht der Nachbarin. Peng! Schon ist das Fensterchen wieder geschlossen.

Auf dem Balkon von Anna und Max sind außer dem Husten auch öfters die knarrenden Geräusche zu hören, wenn die Nachbarin am offenen Fenster minutenlang versucht, klebrige Klumpen auszuspucken, so dass den unfreiwilligen Zuhörern ein kalter Schauder den Rücken hinunterläuft und, falls sie am Essen sind, ihnen der Appetit gründlich verdorben wird.

Ihren Mann bekommt man selten zu Gesicht. Manchmal sieht man ihn mit einem Handy in der Hand vor dem Haus auf der Straße stehen und telefonieren. Er grüßt immer sehr freundlich und lächelt breit. Oft wird er von Kollegen abgeholt. Wenn man ihn ganz selten mit seiner Frau weggehen sieht, hüpft sie vor Freude wie ein kleines Kind.

55

«Muss ich denn sterben?», fragt Anna.
  «Kann ich nicht einfach hierbleiben?», fragt Anna.

Schnee liegt. Knietief. Der Stausee gefroren. Ist dir nicht kalt?
  Nein
  ich frier doch nicht
  jetzt nicht mehr
  man hat mich
  verbrannt
  Bin nur noch Asche
  nicht mal das
  die Asche ist
  von allen Winden
  verweht
  Bin nur noch
  Luft
  bin Wind
  Gedanken
  auslaufende Wellen
  in deinem
  Kopf
  eine Wolke am
  Abendhimmel
  eine Wolke
  die vorbeizieht
  sich auflöst
  Dunst
  leise Wehmut
  die dich

in einsamem Schlaf
in die Arme nimmt

56

Vor ihrer Krankheit bereitete Anna hin und wieder einen strammen Max zu. Ein Butterbrot mit einer Scheibe Schinken und einem Spiegelei. Aber ob einzig und allein dadurch der kleine Max strammsteht, bezweifelt der große Max. Wenigstens bringt ihn dieser Ausdruck der deutschen Küche immer noch zum Schmunzeln. Eines der wenigen Gerichte, die Anna zubereitete, manchmal noch Fisch, ansonsten kochte Max.

«In welcher Stadt leben wir?», fragt der Arzt im Inselspital.
«Paris», entgegnet Anna.
Der Arzt fragt noch einmal.
«Berlin», entgegnet Anna.
Anna fürchtet sich vor dem nächsten Termin im Inselspital. Der Arzt werde sie wieder Sachen fragen, die sie nicht wisse.
Sie weiß auch nicht, welchen Monat, welches Jahr sie gegenwärtig haben. Max versucht, sie zu beruhigen. Das mache überhaupt nichts. Es sei bloß ein ärztlicher Test.
Es ist November. Max weiß nicht, ob Anna an Weihnachten noch lebt.
Weihnachten.
Max weiß nicht, ob Anna im Frühling noch lebt.

Als Kind träumte Max öfters, er fahre auf seinen alten Skiern den Berg hinunter, aber er habe keine Stöcke. Schon fast ein Alptraum.

Manchmal ist er immer noch das Kind. Ohne Skistöcke. Im Steilhang.

Zwei Krähen sitzen im Rauch des Schornsteins auf dem Ziegeldach gegenüber im Hof. Vielleicht wärmen sie sich. Oder sie genießen den Qualm wie die Tabakraucher.

57

Max liegt mit einer schweren Oberarmverletzung neben Anna im Bett. Schmerzen. Zwar hat er starke Medikamente, irgendein Präparat auf der Basis von Opium, aber er getraut sich nicht, zu viel davon zu nehmen, er muss sich ja voll um Anna kümmern. Es ist Silvester. Max zählt jede Stunde, ist froh, wenn wieder eine Stunde vorbei ist.

Am Tag zuvor, auf dem Heimweg vom Kunstmuseum, wurde Max von einem Unbekannten, der auf die Straße rannte, mit einem Faustschlag in voller Fahrt vom Rad zu Boden geschlagen.

Ein anderer Radfahrer, Augenzeuge, eilte ihm von der gegenüberliegenden Straßenseite zu Hilfe. Max gelang es nur mit Mühe, aufzustehen, konnte aber den linken Arm nicht mehr bewegen.

Gleich darauf kam auf dem Gehsteig gegenüber der Angreifer, der erst davon gerannt war, zurück.

«Da ist er!», rief Max. «Haltet ihn!»

Der Augenzeuge, ein großer, junger Mann, machte sich an die Verfolgung des Angreifers, der aber durch den Monbijoupark entwischte.

Der Augenzeuge begleitete Max zu Fuß nach Hause. Zwar war das Vorderrad und die Lenkstange nur leicht verbogen, doch Max konnte mit seiner Verletzung unmöglich mehr Rad fahren.

Zum Glück waren seine älteste Schwester und ihr Mann bei ihnen. Max hatte Anna nicht den ganzen Nachmittag alleine lassen wollen. Zum Abendessen war ein gemeinsames Raclette geplant. Stattdessen fuhr der Schwager nun Max zur Notfallaufnahme des nahen Zieglerspitals.

Er hoffte noch, es sei alles nicht so schlimm und lasse sich ambulant behandeln. Doch leider wurde ein Oberarmbruch unterhalb der Schulter diagnostiziert. Operieren aber könnten sie erst am nächsten Tag.

«Dann gehe ich nach Hause», sagte Max. «Meine Frau ist pflegebedürftig und allein völlig hilflos.»

Max rief Michael an, der, inzwischen erwachsen, schon seit ein paar Jahren nicht mehr bei ihnen wohnte. Max bat ihn, bei ihnen zu übernachten, es schien ihm zu riskant, allein mit Anna zu sein.

Max musste auf dem Rücken liegen, für ihn ungewohnt, den linken Arm in einem Immobilizer. Natürlich schloss er kein Auge, trotz der starken Medikamente, die er aber nicht vom Spital bekommen hatte, der Schwager hatte mit einem Arztrezept zu einer Nachtapotheke fahren müssen.

Am nächsten Morgen, Silvester, erklärte ihm die Oberärztin im Krankenhaus, nach dem Röntgenbild sehe es schlimmer aus, als gedacht, sie möchte nicht operieren, bevor der Chefarzt, ein versierter Schulterspezialist, zurück sei. Aber der sei leider erst am 3. Januar wieder da.

Dann gehe er wieder nach Hause, sagte Max. Er verständigte seine Schwester, die sich anerboten hatte, Anna zu sich zu nehmen, dass sie sie erst am 3. Januar holen müsse.

Es ist, als hätte man Anna mit diesem Überfall auf Max eine Krücke weggeschlagen, es geht ihr auf einmal viel schlechter.

Am nächsten Morgen hat Anna zwei epileptische Anfälle mit Durchfall. Mit viel Mühe gelingt es Max, sie trotz seiner Verletzung sauber zu kriegen und alles zu waschen. Er benötigt aber, den linken Arm im Immobilizer, dafür viel Zeit, bestimmt über eine Stunde. Und der Arm bereitet ihm bei jeder Bewegung einen stechenden Schmerz.

Max ruft seine älteste Schwester an, die angereist kommt und erklärt, sie bleibe über Nacht.

Zum Glück kann Max während seines Krankenhausaufenthaltes Anna als Pflegenotfall mit in ein Zweibettzimmer nehmen, obwohl sie nur allgemein versichert sind. Nach den zwei epileptischen Anfällen von Anna schien dies sowohl Max wie seiner Schwester die bessere Lösung zu sein. Sie könnten dafür nach dem Krankenhausaufenthalt für eine Woche zu ihr fahren.

Am dritten Tag im Spital, kurz nach dem Mittagessen, Max liegt im Halbschlaf, wird plötzlich die Tür des Krankenzimmers aufgerissen. Max fährt hoch, erblickt einen Mann um die dreißig mit Halbglatze und ernstem Gesichtsausdruck, der einen Rollstuhl mit einer korpulenten Frau hereinschiebt. Vom Aussehen her würde man beim Mann auf einen Geistlichen von irgendeiner Sekte schließen. Ein Frauenbildnis hängt an einem silbernen Kettchen vor seiner Brust.

Oh je, was kommt jetzt, will mich da jemand bekehren, denkt Max.

Aber die korpulente Frau auf dem Rollstuhl ... das ist doch, ja, das ist seine Cousine Katharina, die er schon seit Jahren nicht mehr gesehen hat. Und der junge Mann mit dem ernsten Gesichtsausdruck ... das ... das muss Heinz, ihr Sohn sein.

Max hat sich nicht getäuscht. Katharina erzählt ihm, sie habe von einer von Max's Schwestern erfahren, dass er im gleichen Krankenhaus liege, wie sie. Und so habe sie Heinzli gebeten, sie mit dem Rollstuhl in Max's Zimmer zu fahren.

Sie nennt ihren Sohn immer noch Heinzli, wie eh und je. Max erinnert sich, dass Katharina früher jeweils seine Eltern anrief, um voller Stolz zu verkünden, Heinzli habe gerade in der Schule bei der Mathematikprobe oder für einen Aufsatz eine sechs bekommen. Der Heinzli sei halt wirklich sehr gescheit. Aus dem werde mal etwas.

Heinzli machte dann nach der Sekundar- und einer Handelsschule eine Lehre als Stationsvorstand auf dem Brünig. Dort verunglückte er eines Tages mit seinem Mofa und musste daraufhin die Lehre abbrechen.

Soviel Max weiß, arbeitet er gegenwärtig in einem Büro in der Stadt Bern und wohnt seither wieder bei seiner Mutter. Max erkennt jetzt auch das Bildnis vor Heinzlis Brust. Es ist keine Heilige, sondern ein Foto von Katharina, seiner Mama.

Wenn Katharina mit Heinzli bei jemandem eingeladen, sagte sie jeweils, sobald aufgetischt worden war, mit lauter Stimme: «Komm Heinzli, wir nehmen!»

Sie griff immer als erste zu und füllte ihren und Heinzlis Teller bis zum Rand voll. Sie hatte auch immer mehrere Plastikbeutel bei sich, die sie unaufgefordert mit den Resten der Mahlzeit füllte und in ihrer großen Handtasche versorgte.

«So etwas Gutes darf man schließlich nicht verderben lassen!», erklärte sie, falls ihr Zugreifen nicht unbemerkt blieb.

Dies und ihr Ausspruch «Komm Heinzli, wir nehmen!», machte im ganzen Verwandtenkreis die Runde.

Zum Glück bleiben die beiden nicht allzu lange im Spitalzimmer von Max. Katharina versichert ihm noch, sie könnten sich jetzt ja öfters sehen, sie müsse bestimmt noch mehrere Wochen im Krankenhaus bleiben.

Max hat sich nicht erkundigt, wieso sie hier sei. Er ist froh, dass er selber bald entlassen wird und kaum mit einem erneuten Besuch zu rechnen ist.

Anna, die im Bett nebenan liegt, ist von Katharina gar nicht wahrgenommen worden, erst nachdem Max sie darauf hingewiesen hat.

58

Bei ihrer Entlassung wurde ihnen vom Spital die Hilfe eines privaten Hauspflegedienstes vermittelt, der eine junge Frau schickt. Sie hilft jeden Vormittag Anna beim Duschen und verbindet den Oberarm von Max, dort, wo ein Draht herausschaut, wodurch er sich, Ironie des Schicksals, als eine von Annas Kunstfiguren fühlt, deren Arm ebenfalls mit einem Draht im Innern gehalten wird, der aber, nicht wie bei Max, nirgendwo herausschaut.

Max wundert sich ein bisschen, dass er der jungen Frau erst erklären muss, wie man den Oberarm verbindet, was wegen des herausragenden Drahtes, bei dessen Anblick sie große Augen macht, zwar schon etwas komplizierter ist.

Sie sollte ebenfalls zweimal in der Woche die Wohnung putzen, erklärt aber gleich, dass sie nur das Nötigste erledigen werde. Sie zieht jeweils Mantel und Schuhe beim Sofa im Wohnzimmer aus. An einem Vormittag mit Schneematsch hinterlässt sie dort eine Pfütze auf dem Parkettboden und Max kann, nachdem sie gegangen ist, alles aufwischen. Ein andermal erklärt sie, sie könne heute nicht putzen, Kopfweh, sie habe am Vorabend zu viel gekifft.

Sobald der Oberarm von Max nicht mehr jeden Tag verbunden werden muss, verzichtet er auf ihre weiteren Dienste. Zwar hat er immer noch vom Ellbogen bis zur Schulter einen Draht im Arm, so lang und so dick wie eine Fahrradspeiche, oben zusätzlich einen weiteren Draht in der Größe einer Kugelschreibermine. Die Wäsche zum Trocknen aufzuhängen bereitet nach wie vor viel Mühe, er lernt, wie man mit nur einem Arm Bett- und Badetücher auf die im Trockenraum etwas über Kopfhöhe gespannten Drähte hängt, was aber nicht ohne stechende Schmerzen im geflickten Arm zu bewerkstelligen ist. Immerhin lassen sich Unterhosen und Socken problemlos an den Wäscheständer hängen.

Ein paar Monate später vermittelt ihnen der Hausarzt eine Pflegefachfrau für Krebskranke, die zu Hause sterben möchten. Sie ist sehr kompetent und organisiert zudem Pflegerinnen des städtischen Hauspflegedienstes, die Annas Körperpflege zwei bis drei Mal in der Woche am Vormittag übernehmen.

Lange Zeit hatte Max noch die Illusion, sie könnten im Frühjahr wieder zusammen Rad fahren. Kleine Touren. Und noch ein letztes Mal nach Cassis ans Meer, selbst wenn sie keine

Wanderungen mehr unternehmen könnten, oder nur noch ganz kurze. Aber sie könnten sich an eine windgeschützte Stelle setzen, aufs Meer hinausschauen. Die Wellen. Leises Rauschen. Plätschern. Oder sie setzen sich nur auf den Balkon vor dem Hotelzimmer. Mit Blick auf das Schloss, den Hafen, das Meer, das Cap Canaille, die höchste maritime Steilküste Europas, deren Felsen in der Abendsonne rot leuchten.

59

In unserem ersten Sommer, während den Theaterferien, fahren Max und ich an den Atlantik. Nach Lacanau Océan. Mit dem Zug bis Bordeaux, dann mit dem Bus.

Wir zelten am Rand eines Campingplatzes in den Dünen. Das Meer kann man von hier aus nicht sehen. Es liegt hinter dem Sandhügel. Aber man hört die Brandung.

Unser Zelt ist nicht viel größer als eine Hundehütte. Na! Und heiß ist es darin wie in einer Sauna. Der Schweiß fließt uns den Körper hinunter.

Max ist ganz erschöpft.

Zum Frühstück braten wir auf dem Butangaskocher ein dickes Steak. Ich hab mir das gewünscht. Na ja, es geht bereits gegen elf. Dazu essen wir Baguette.

Wir baden nackt im Meer. Max ziert sich erst ein bisschen. Aber hier, außerhalb der überwachten Zone, baden alle nackt. Fast alle.

Max mag lange Wanderungen den Strand entlang. Ihm zuliebe gehe ich mit.

Nach einer Woche wird das Wetter kühler. Wir brechen das Zelt ab und fahren mit dem Zug nach La Rochelle. Auf einem Platz mitten in der Stadt steht ein Karussell. Wir klettern auf die Holzpferde. Max ist danach ganz schwindlig.

Max stapft durch den Schnee.

Wie jedes Jahr ist er mit Anna ans Meer gefahren, Jahre sind seit ihrem ersten Urlaub vergangen. Michael ist inzwischen groß geworden und nicht mehr dabei. Sie sind mit dem Rad unterwegs, befinden sich in Biscarosse-Plage, etwa fünfzig Kilometer südlich von Lacanau Océan. Ganz brav geht Max dort, wo zwei Badewärter auf einem Hochsitz wachen und am Strand mit zwei beflaggten Stangen einen schmalen Streifen zum Baden abgesteckt haben, ins Wasser, während Anna sich an die Sonne legt. Sie haben die orange Fahne gezogen, aber das heißt ja nur, dass man vorsichtig sein muss.

Die Wellen sind hart, lästig, werfen dich zu Boden; wenn du nicht hindurchtauchst, kannst du nie schwimmen. Also los! Hindurch. Alles bestens. Er schwimmt.

Wie er sich etwas später umdreht, ist von der abgesteckten Badezone und den Badewärtern nichts mehr zu sehen, Max ist völlig abgetrieben worden. Und die Wellen kommen mit voller Wucht angerollt.

Die Wellen türmen sich vor ihm auf. Mannshoch. Vielleicht noch höher.

Er sagt sich: Max, jetzt keine Panik. Ganz ruhig. Sonst bist du verloren. Tauchen. Wenn die Welle sich auf dich stürzt, über dir bricht, dann drückt sie dich mit aller Kraft hinunter, reißt dich unter Wasser mit. Dann hast du keine Chance. Er weiß natürlich, dass es jedes Jahr an der Atlantikküste immer wieder tödliche Unfälle gibt. Etwa so wie beim Wintersport in den Alpen. Also im richtigen Augenblick die Welle schneiden, hindurch tauchen. Vor der nächsten Welle versucht er, landwärts zu schwimmen, kommt nicht von der Stelle. Die Strömung. Aber da taucht ein Badewärter mit Schwimmflossen bei ihm auf. Rettungsboote haben sie hier keine. Er fordert Max auf, ihm die Hände zu geben. Na schön. Schon will sich die nächste Welle auf sie stürzen.

«Plongez!» Tauchen! Natürlich. Das weiß er ja.

Kaum Zeit, jeweils Luft zu schnappen. «Plongez!». Alle zwanzig Sekunden eine neue Welle. «Plongez!»

Eine Welle reißt sie auseinander. Der Badewärter ist gut zwanzig Meter weiter draußen als Max.

Indem er sich im richtigen Moment dreht, gelingt es vielleicht, dass die nächste Welle ihn landwärts zieht. Das ist nicht ohne Risiko, wenn du dich zu früh drehst und einen Schlag ins Genick erhältst, dann hast du Pech gehabt. Es sind nicht alle Wellen gleich hoch. Das heißt, es ausnützen.

Es gelingt. Jetzt auf Tod und Teufel geschwommen, bevor die Gegenströmung ihn wieder hinauszieht, bevor die nächste hohe Welle heran donnert.

Kurz darauf steht Max am Strand. Keuchend. Zum Glück ist er ein guter Schwimmer, auch unter Wasser. Trotzdem ein mulmiges Gefühl. Auch der Badewärter erreicht nun wieder den Strand. Inzwischen haben sie die rote Fahne gezogen: Badeverbot.

Anna schreit ihn an, was er sich denn bloß gedacht habe. Sie hat schreckliche Angst bekommen, als sie ihn nicht mehr gesehen hat. Und Max bekommt jetzt ebenfalls Angst, draußen in den Fluten hat er keine Zeit dazu gehabt. Aber er hat mehr Angst um Anna. Was hätte sie allein angefangen, sie spricht ja kaum Französisch.

Die Wellen rollen heran. Fallen über dich her. Stürzen über dich. Wenn du nicht tauchst. Tauchen! Kaum Zeit, zu Atem zu kommen. Schon ist die nächste Welle da. Aber nicht du wirst sterben. Es ist Anna, die vor dir stirbt. Warte, warte noch ein Weilchen. Ein paar Jahre nur.

Rollt. Rollt. Mein rotblauer Ball.

Auf dem Spaziergang sackt Anna nach vorne in die Knie, Max benötigt viel Kraftaufwand, sie zu halten. Sie klagt über Bauchweh. Sie setzen sich auf ein Mäuerchen. Auf dem Rückweg schleppt Max sie richtiggehend. Auch in der Wohnung geht Anna unsicher an seiner Hand. Sie versucht, etwas zu sagen, bringt es nicht fertig. Sie kann Max nicht zeigen, wo genau der Bauch weh tut; sie zeigt auf die Stuhllehne.

Beim nächsten Spaziergang schaffen sie es nur bis zu einer Bank, etwa fünfzig Meter von ihrem Haus entfernt. Anna geht in Schieflage, droht seitlich zu kippen, wieder benötigt Max viel Kraft, sie zu halten. Sie sagt voller Angst, sie wisse nicht, wo sie sei, wisse nicht, wo sie sei. Dies sagte sie bereits am Mittag in der Wohnung, als sie vom Schlafzimmer ins Badezimmer gingen.

60

Max war fünfzehn, als er das Meer zum ersten Mal sah. An der Küste von Holland, wohin er mit einem Bruder per Anhalter gereist war. Auf dem Zeltplatz in den Dünen wurden sie am Abend von anderen Jugendlichen zum Trinken eingeladen. Martini. Die Flasche ging im Kreis herum. Bestimmt waren es mehrere Flaschen. Als Max im Zelt auf der Luftmatratze lag, glaubte er, sich auf hoher See zu befinden. Wellenberge hoben ihn in schwindelnde Höhen. Und das im flachen Holland. Noch schwindelerregender war die Talfahrt. Der Abgrund gähnte. Um gleich darauf wieder hochgehoben zu werden. Und wieder hinunter. Und wieder hinauf. Der Magen ließ sich nicht lange bitten.

Am nächsten Tag in Amsterdam ging Max immer noch durch die Straßen wie ein Seemann nach langer, stürmischer Überfahrt. Der Boden schwankte. Reumütig schwor er hoch und heilig, nie mehr in seinem Leben einen Tropfen Alkohol anzurühren. Der Schwur hielt bis München, wohin sie auf der Rückfahrt das Anhalterschicksal verschlagen hatte. Natürlich durften sie das Hofbräuhaus nicht einfach übergehen. Dort wird keine Milch getrunken. Das Bier nur im Einliterkrug serviert. Aber das Meer ist ja fern.

Ein Jahr später fuhr Max mit der Fähre von Ostende nach Dover, wieder mit seinem Bruder. Vier Stunden Überfahrt. Das Meer hieß die beiden mit hohem Wellengang herzlich willkommen.

«Erwarte nur nicht, dass wir die Fische füttern», sagte Max trotzig. Gut gebrüllt. Kurz vor der englischen Küste waren sie beide grün im Gesicht. In der Abenddämmerung wankten sie dann durch das Städtchen auf der Suche nach der Jugendherberge. Dort angekommen, gab es kein freies Bett mehr.

Sie fanden dann doch noch ein Nachtlager in einer Turnhalle.

Und auch jetzt hat er ganz kurz ein flaues Gefühl im Magen gehabt. Kein Meer weit und breit. Nur Schnee. Auf dem Weg zu Anna, zu der er doch nie mehr gelangen wird.

61

Auf Wunsch von Max schickt der Hausarzt ihn mit Anna zu einem Neurologen. Dieser schreibt in seinem Bericht an den Hausarzt von einer völlig verzweifelten Situation. Er habe versucht, doch noch etwas Mut zuzusprechen und Hoffnung zu belassen. Der Ehemann sei aber, menschlich einfühlbar, doch eher etwas enttäuscht gewesen, da er scheinbar auf irgendeine Wundertherapie und konkrete Lösungsvorschläge für eine Verbesserung der Lebensqualität seiner Frau gehofft habe. Er, der Neurologe, habe darauf hingewiesen, dass das hochgradig eingeschränkte Sehvermögen und Erfassen der Umgebung, das schwankende Gehen zentral durch den Folgezustand bei Hirntumor bedingt sei.

Der Hausarzt schickt Max eine Kopie des Berichts.

Max überredet Anna, dass sie wieder einen Rollstuhl mieten, damit sie weiterhin Spaziergänge machen können. Er hat sich erst selber überwinden müssen. Eingestehen, dass es ohne Rollstuhl nicht mehr geht.

Sie mieten ebenfalls einen fahrbaren Nachtstuhl, der gleichzeitig als Sessel benutzt werden kann. Max fährt damit Anna in der Wohnung herum, mit dem etwas breiteren Rollstuhl würde er nur mit Mühe durch die Zimmertüren gelangen. Aber auch beim fahrbaren Sessel bereiten die Schwellen Schwierigkeiten. Max, der, wie Anna immer behauptete,

zwei linke Hände habe, baut mit Holzleisten und Pappe kleine
Rampen.

62

Nach fünf Monaten kann Max die «Fahrradspeiche» aus dem
Arm entfernen lassen. Die Oberärztin hatte ihm gesagt, er bekomme nur eine Lokalnarkose, damit er, in Anbetracht der Situation seiner Frau, noch am gleichen Tag wieder nach Hause
gehen könne. Doch der Anästhesist meint, die Frauen hätten
keine Ahnung von Schmerzen, er müsse Max eine Vollnarkose
machen.

Nachdem er in einem Krankenzimmer wieder aufgewacht
ist, fragt ihn eine Pflegefachfrau nach seinen Wünschen für das
Mittagessen, doch Max entgegnet, er bleibe nicht, er gehe nach
Hause, er müsse sich um seine Frau kümmern, die schwer
krank sei. Zwar ist im Augenblick seine älteste Schwester bei
ihr, Max hätte Anna unmöglich allein lassen können, aber das
muss er ja nicht sagen. Schließlich kann er auch zu Hause
neben Anna auf dem Bett liegen, dazu braucht er nicht hier im
Krankenhaus zu bleiben. Die Pflegefachfrau ist nicht einverstanden, der Abteilungsarzt müsse den Austritt erst bewilligen.
Wie dieser vorbeischaut, steigt Max aus dem Bett, wobei plötzlich Blut aus der Wunde am Ellbogen, dort wo sie den Draht
herausgezogen haben, fließt, das Betttuch verschmiert und auf
dem Boden eine kleine Lache bildet. Doch der Arzt lässt sich
von Max überzeugen und ist einverstanden, dass dieser am
Mittag nach Hause gehe.

Nachdem die Pflegefachfrau die Wunde neu verbunden
hat, erklärt ihr Max, der Arzt habe bewilligt, dass er um elf

Uhr nach Hause könne. Und er beginnt, sich langsam anzuziehen.

Eigentlich ist vom Krankenhaus vorgeschrieben, dass man nach einer Narkose für den Heimweg ein Taxi nimmt. Aber Max denkt, die fünf Minuten Fußweg werde er schon noch schaffen.

Freilich fühlt er sich draußen auf der Straße wieder mal ein wenig wie ein Seemann an Land, aber hat er nicht soeben auch ein stürmisches Kap umschifft?

Er schafft es in zehn Minuten.

Anna liegt im Wohnzimmer auf dem Fußboden. Sie sei umgefallen, erzählt die Schwester, und sie hätte zu wenig Kraft, Anna aufzuheben, so habe sie ihr einstweilen ein Kissen unter den Kopf geschoben.

Max geht in die Knie, greift Anna unter die Arme. Seine Schwester protestiert, nach einer Vollnarkose müsse er vorsichtig sein, dürfe sich nicht anstrengen. Doch schon hat er Anna hochgezogen und trippelt mit ihr ins Schlafzimmer, wo er sie aufs Bett legt und sich daneben.

63

Der Gummireifen ist von einem Rad unseres Rollstuhls abgefallen, als Max über den Bordstein gefahren ist. Na! Ich weiß nicht, wie er das wieder geschafft hat. Der lernt das nie. Er muss mich auf ein Mäuerchen setzen, damit er den Rollstuhl umdrehen kann. Das hat er jetzt davon! Nur mit Mühe gelingt es ihm, den Reifen wieder zu montieren.

«Der lernt das auch noch», «der lernt das nie»; zwei Sätze, die Anna während ihrer Krankheit öfters im Munde führte. Hatten sie sich plötzlich aus der Tiefe der Kindheit losgelöst und waren an die Oberfläche getrieben? Wobei auch sonst Annas kindliche Seite immer stärker zum Vorschein kam. Die Ärzte hatten Max gewarnt, Patienten mit Hirntumor könnten zuweilen bösartig werden. Anna hingegen wurde ganz lieb, kindlich, denkt Max, stapft weiter durch den Schnee.

Als er sich entschloss, Anna zu Hause zu pflegen, wusste er, dass er kaum mehr zum Schreiben kommen würde. Was war denn wichtiger, Anna oder die Kunst? Er musste nicht lange überlegen, er, der sonst eher zum Zaudern neigt. Der Entscheid war klar, somit war er auch nicht hin und hergerissen, als er tatsächlich kaum mehr zum Schreiben kam, nur noch nachts. Anna brauchte ihn. Er war nicht verpflichtet. Niemand erwartete es von ihm. Einen Gatten zu pflegen, der einem völlig fremd, schlimmer, mit dem man seit Jahren zerstritten war, wurde früher zuweilen noch von den Frauen erwartet. Das war hier im doppelten Sinn nicht der Fall.

Anders sieht es aus, wenn jemand durch die Krankheit bösartig wird. Max weiß nicht, wie er reagiert hätte, doch zum Glück wurde Anna nur kindlich. Wenn es auch böse Kinder gibt, aber das war sie nicht. Sowenig wie der Sohn, den ja hauptsächlich er großgezogen hatte, während Anna im Theater arbeitete.

Nach der Generalprobe von «Juno und der Pfau» feiert Anna in der Kantine des Stadttheaters mit Kollegen den Geburtstag des Bühnenbildners. Es wird getanzt. Anna ist hochschwanger. Trotzdem tanzt sie ebenfalls. Kaum zu Hause, verliert sie das

Fruchtwasser. Max muss sie mit einem Taxi zum Krankenhaus bringen.

Die Hebamme schickt ihn wieder nach Hause. Er stehe hier nur im Weg herum, er solle sich zu Hause ins Bett legen, sie werde ihm rechtzeitig, bevor es losgehe, telefonisch Bescheid geben.

Natürlich schließt er kein Auge. Um halb drei dann der Anruf. Wieder fährt er mit einem Taxi zum Krankenhaus. Michael kommt drei Wochen zu früh auf die Welt.

Als Max morgens um fünf zu Fuß über die Kornhausbrücke nach Hause geht, scheint der Vollmond. Max ist erschöpft, als hätte er das Kind geboren. Erschöpft und glücklich.

Nachdem er Anna vor zwei Jahren kennengelernt hatte, war er bald mal aus seiner ziemlich primitiven Altstadtwohnung zu ihr gezogen.

Anstatt an der Premiere von «Juno und der Pfau» dabei zu sein, einem Stück, wofür sie die Kostüme kreiert hat, liegt Anna nun im Krankenhaus. Doch sie weiß sich zu helfen. Max muss ihr eine starke Stabtaschenlampe bringen. Von ihrem Spitalzimmer aus sieht sie direkt über die Aare zum Stadttheater und sie vereinbart mit Kollegen, dass sie sich am Premierenabend mit Taschenlampen Blinkzeichen geben.

64

Unter all den Besucherinnen, die sich im Krankenhaus einfinden, um den Kleinen zu begutachten, ist ebenfalls Tante Evi, eine Tante von Max, die er schon lange nicht mehr gesehen hat.

Im Gegensatz zur Mutter von Max war sie immer vornehm städtisch gekleidet, mit dunkelrot geschminkten Lippen und roten Fingernägeln; eine Dame sozusagen. Wenn Tante Evi zu Besuch kam, sagte sie jeweils mit leichter Herablassung: «Ach, ihr auf dem Land habt es gut.» Was Max und seine Geschwister als Beleidigung empfanden, fühlten sie sich doch, obwohl sie in Liebefeld, einem Vorort von Bern, wohnten, als Städter.

Tante Evi wohnte nicht weit von ihnen entfernt in der Stadt in einer düsteren Dreizimmerwohnung über einer Druckerei. Von früh bis spät war der Lärm der Druckmaschinen zu hören und die Wände zitterten leicht. Sie wohnte dort mit vier Kindern und ihrem Mann, einem großen, dicken Italiener mit kräftigem Wuschelhaar. Sie waren nicht verheiratet. Dies war denn auch der Grund, weshalb sie von der übrigen Verwandtschaft gemieden wurden. Onkel Ceresa – Max erinnert sich nicht mehr, wieso sie ihn nur beim Nachnamen nannten – Onkel Ceresa hatte bereits eine Frau in Italien und konnte sich nach italienischem – katholischem – Recht nicht scheiden lassen.

Mit dem ersten gemeinsamen Kind wohnte Tante Evi in Basel und er auf der anderen Seite der Grenze in Frankreich. Konkubinat war damals in der Schweiz verboten, und heiraten konnten sie nicht.

Vor dem Zweiten Weltkrieg hatte er ein Bauunternehmen in Biel besessen und soll während der Wirtschaftskrise über eine Million Franken verloren haben. Er soll aber auch ein Casanova gewesen und mit großen Autos herumgefahren sein, immer wieder mit einer anderen Frau, und dabei viel Geld verprasst haben.

Später dann lebten sie also in Bern in dieser kleinen Wohnung über der Druckerei. Er war wieder «Bauunternehmer», wobei er sein einziger Angestellter war. Mit einem schwarzen Citroën, wie man sie aus den alten französischen Krimis kennt, einem in die Jahre gekommenen, klapprigen Ding, dessen Hinterbank er herausnahm, transportierte er Zementsäcke und Backsteine. Kleinere Maurerarbeiten waren seine einzigen Aufträge.

Während des Zweiten Weltkrieges musste Onkel Ceresa die Schweiz verlassen, Tante Evi ging mit ihm nach Italien. Sie erlebten und überlebten die schweren Bombenangriffe auf Mailand. Einmal seien sie gerade unterwegs gewesen, als Bomben große Krater in die Straße rissen. Sie seien um ihr Leben gerannt.

Tante Evi weigerte sich, länger in dieser Stadt zu bleiben. Nur fort.

In einem italienischen Bergdorf, wohin sie ihre Flucht verschlagen hatte, wären sie beinahe in eine tödliche Falle geraten. Die SS wollte als Vergeltung für einen Partisanenanschlag alle Bewohner, hauptsächlich Alte und Kinder, erschießen.

Tante Evi mit ihren hellblonden Haaren sei es gelungen, erfolgreich zu vermitteln, da sie zudem ja Deutsch sprach.

Als Tante Evi und Onkel Ceresa Jahre später das Dorf besuchten, seien sie mit großen Ehren empfangen worden.

65

Anna und Max spazieren mit Michael im Kinderwagen vom Dorf Guggisberg zum Guggershörnli und weiter in Richtung Schwarzenburg. Der Weg ist verschneit, führt steil den Hang hinunter. Anna bindet sich Michael mit einem Tragetuch vor die Brust. Und sie hat mit ihrer Vorsichtsmaßnahme recht.

Nachdem er Anna die Geschichte von Tante Evi erzählt hat, wobei er selbst nicht ganz sicher ist, ob sich wirklich alles so zugetragen hat, rutscht Max plötzlich aus, saust mit dem Kinderwagen, den er nicht loslässt und dessen Inhalt dabei unterwegs verstreut wird, das Schneefeld hinunter.

Wieder zum Stillstand gekommen, hat Max außer zu Berge stehende Haare nichts abbekommen, worauf Anna in schallendes Gelächter ausbricht. Und Max sammelt zerknirscht die Reservenuckel, wovon gleich mehrere, weil Michael sich jeweils einen Spaß daraus macht, den gerade im Mund steckenden Nuckel in hohem Bogen aus dem Kinderwagen zu spucken, Max sammelt im Schneehang unterhalb des Guggershorn die Reservenuckel, Kissen, Decken und den Teddybär ein, summt dazu das Guggisberglied, das von Vreneli vom Guggisberg und Simes Hans Joggeli hinter dem Berg erzählt.

In diesem alten Lied, das Max manchmal Michael zum Einschlafen singt, werden Muskat und Gewürznelken als Liebesmittel erwähnt. Nun reicht es aber nicht, den Kartoffelbrei toll mit Muskat zu würzen und die Zwiebel, die neben dem Braten im Topf schmort, mit Gewürznelken zu spicken, dass sie wie ein Stachelschwein aussieht. Es braucht eine weitaus höhere Dosis. Aber vielleicht hatte Vreneli es gar nicht nötig, einen Liebestrank zu brauen. Auch wenn sie davon spricht, vor Kummer zu sterben, wenn sie sein nicht werden könne. Und dann lege man sie ins Grab. Oder sagt er es, wer stirbt vor Kummer, sie oder er, fragt sich Max.

Auslaufende Wellen.

66

«Du wirst sehen, wir werden noch mal ans Meer fahren», sagt Max.

«Nein», sagt Anna, «ich werde das Meer nie mehr sehen.»

«Muss ich denn sterben?», fragt Anna. «Kann es nicht einfach so bleiben?»

Anna sitzt am Fenster. Die CD spielt «Aus der Neuen Welt».

Wie lange noch?

Was können wir noch machen?

Max sitzt am Schreibtisch. Vor sich das schwarze Heft. Heute hat er nur diese zwei Zeilen notiert. Er lauscht. Alles still. Anna schläft.

Immer noch flackert die verrückte Hoffnung auf, es möge nicht so weit kommen.

Annas Krankheit; eine Welle, die dich niederreißt.

Anna, Max und Michael laufen über den Strand. Laufen den Wellen nach, wenn sie sich zurückziehen, springen zurück, wenn sie erneut anrollen.

Jede fünfte oder sechste Welle ist größer, läuft weiter aus. Es heißt aufpassen.

Natürlich holen sie sich nasse Füße.

Die Grenze zwischen Land und Wasser verschiebt sich unaufhörlich.

Das Rauschen. Rasseln. Aber Wellen können doch nicht rasseln, denkt Max.

Wenn doch alles schon vorbei wäre, denkt Max. Es ist alles so hoffnungslos.

Das Rasseln des Atems hat aufgehört. Anna atmet jetzt ganz fein. Leise. Ruhig. Max schöpft neue Hoffnung. Er hat ja noch nie jemanden beim Sterben begleitet. Er schmiegt sich an ihren warmen Körper. Und er weiß nicht, dass es die letzte Nacht ist, die sie nebeneinander liegen. Weiß nicht, dass dieser Körper voller Wärme schon nächste Nacht kalt sein wird.

67

Getrennt von Anna durch eine Glasscheibe. Sie liegt da in Sommerkleidern, die Max ihr angezogen hat. Ausgestellt im Leichenschauhaus. Plötzlich zwinkert sie Max zu.
    Max läuft hinaus, läuft durch den Friedhof. Das kann doch nicht sein!
    Aber Anna hat gezwinkert. Wie ist das möglich? Anna hat gezwinkert. Als wäre alles ein Scherz. Eine Farce. Theater. Wie vor elf Monaten im Inselspital auf der Beobachtungsstation, als sie Max leise erklärte, die andern seien keine richtigen Kranken, die würden nur so tun, die würden alle nur Theater spielen.
    Er kehrt zurück. Anna liegt im Sarg, getrennt von Max durch die Glasscheibe. Er schaut lange. Kein Zwinkern mehr.

Weißweinflaschen. Im Kleiderschrank, hinter einem Vorhang, auf einer Ablage. Halb angebrochene Weißweinflaschen. Ich stoße auf Weißweinflaschen, wenn ich für Anna ihre verlegten Ausweise suche, die sie nicht mehr findet. Ich spreche sie darauf an. Erst weiß sie von nichts, erklärt dann, sie genehmige sich hin und wieder einen Apéro, aber nur mit Wasser verdünnt. Doch wozu immer wieder eine neue Flasche anbrechen?

Ich nehme an, es handelt sich um eine Krise in der Mitte des Lebens. Außerdem hat sie den Verlust ihrer Stelle am Stadttheater immer noch nicht richtig verdaut, wenn sie auch nicht darüber sprechen mag. Aufgefallen ist mir, dass sie immer langsamer geworden ist, sie, die sich früher über die langsamen Berner lustig gemacht hat.

Von einem Hirntumor habe ich nicht die leiseste Ahnung.

68

Zum Zerkleinern und Mahlen der ausgeglühten und abgekühlten Asche zieht sich der Ofenwart Hut und Staubmaske an. Nun sucht er nach zurückgebliebenen Hüftgelenken und dergleichen, bevor er die mit noch vielen groben Rückständen durchsetzte Asche in die Mühle schüttet. Die Sargnägel und weitere metallene Gegenstände zieht er mit einem Magneten heraus. Künstliche Hüftgelenke werden gesammelt, nach Holland geliefert, dort sortiert und dann in Schweden unter anderem zu Schiffsschrauben verarbeitet.

Und auch der Ofenwart im Krematorium von Bern fuhr einst zur See, was aber reiner Zufall ist.

Nach dem Mahlen füllt der Ofenwart die feine Asche in eine der bereitgestellten Urnen. In der Regel ist die Asche grau, hie und da rötlich, bläulich oder grünlich, wohl als Folge gewisser Medikamente, die der Tote einst eingenommen hat.

In der Stadt Bern werden 92 Prozent aller Verstorbenen kremiert. Was die Sargzugaben betrifft, ist nicht alles erlaubt. Keine Haustiere. Auch dem Wunsch, einen Toten samt Bassgeige einzuäschern, wurde nicht entsprochen.

Eingefahren wird immer Kopf voran. Der Haupteinäscherungsprozess dauert, bei rund 800 Grad, eine bis eineinhalb Stunden. Danach wird die Asche mit einem Stößel zur Nachverbrennung in den Ofen im Untergeschoss gestoßen und der nächste Körper oben eingefahren. Doch sonst ist die Kremation ein geschlossener Prozess, der nur durch kleine Gucklöcher kontrolliert wird. Wenn ein Sarg einmal drin ist, ist er drin, dann ist der Prozess nicht mehr zu stoppen.

69

Der steil aufgerichtete Schwanz der schwarzweißen Katze zittert leicht.

Max sitzt an seinem Schreibtisch neben dem Fenster zum Hof. Auf dem Fensterbrett ein Glas Wasser und eine leere Tasse.

Die Katze schlüpft unter einem der Zäune durch, womit die verschiedenen Grundstücke abgegrenzt sind.

Grenzzäune, auch hier. Verrostet, weisen Lücken auf, stehen zum Teil schief. Daneben zwei Zäune neueren Datums. Für die Katz.

Keine Haustiere als Sargzugabe. Was sich die Leute alles ausdenken. Dass der kleine Liebling vor Kummer gleich ebenfalls stirbt? Oder hätte man die Miezekatze bei lebendigem Leib …?

Schräg gegenüber hängt eine alte, sehr alte Frau Wäsche an die Drähte vor ihrem Balkon. Unterhosen. Im Stockwerk darüber sind die grünen Fensterläden geschlossen. Auf einmal wird ein Laden einen Spaltbreit geöffnet. Eine Hand wird sichtbar, die einen Staublappen über die saubere Wäsche der alten Frau ausschüttelt. Der Laden wird wieder geschlossen, bleibt den ganzen Tag geschlossen, Tag für Tag, wie die Läden vor der Balkontür.

Die schwarzweiße Katze klettert einen Baum hinauf.

Die Katze liegt schnurrend auf dem Bett. Die Augen geschlossen. Alles ist so friedlich. Die Katze schnurrt und schnurrt. Glückliche Mieze. Die Katze träumt. Fliegt nur. Euch krieg ich. Euch alle. Amsel, Drossel, Fink und Star. Ah, eine Maus! Dich pack ich auch noch. Lauf! Lauf! Oh, schon wieder zwischen meinen Zähnen. Lauf! Noch lebst du. Lauf! Gib nicht auf. Lauf! Die Katze schnurrt und schnurrt. Und alles ist so friedlich.

Der Tod ist eine Katze. Und Anna die Maus.

70

Die Leiterin der Bankfiliale erzählt Max von ihrem Hauswart, der an Hirntumor gestorben ist. Früher ein ganz lieber Mensch, sei er durch die Krankheit richtig bösartig geworden. Schließlich sei die Pflege zu Hause nicht mehr gegangen. Ein halbes Jahr später sei er im Krankenhaus gestorben, an einem Nachmittag, als seine Frau ihn kurz allein gelassen habe, um in ihrer Wohnung eine Dusche zu nehmen.

«Ich will das gar nicht hören», denkt Max. Er nimmt zu Hause das Telefon schon lange nicht mehr ab. Will nichts hören. Nichts von Krankheit, Krankheiten. Doch er hat den Lautsprecher des Anrufbeantworters laut eingestellt, so kann er sofort reagieren, falls es notwendig oder falls ihm sonst danach ist.

Stubentiger. Die Katze lächelt mitleidig.

Die Physiotherapeutin kommt zu Anna nach Hause, seit es für sie zu anstrengend geworden ist, zusammen mit Max die Praxis aufzusuchen. Die Physiotherapeutin geht mit Anna ein paar Schritte durchs Zimmer.
«Mögen Sie noch?»
«Was meinst du, Max, mögen wir noch?», fragt Anna.
«Ja, noch ein bisschen», entgegnet Max, der neben ihr steht, um sie, falls nötig, von der andern Seite zu stützen.
«Also gut», sagt Anna und gibt Max einen Kuss.

Er musste während des letzten Jahres alle Entscheide treffen, Anna war überhaupt nicht mehr imstande dazu, wobei es um Leben und Tod ging, das heißt, es ging eher um den Tod, aber wie. Die Entscheide konnte ihm niemand abnehmen. Hatte er immer richtig entschieden? Immer noch beschäftigt es Max, immer wieder, auch jetzt, auf dem Weg zu Anna.
Er versuchte, so unauffällig, so selbstverständlich wie möglich ihr beizustehen. Und Anna hatte oft das Gefühl, sie selber habe dies und jenes gemacht. Oder tat sie nur so, wie Max, um sich gegenseitig nicht weh zu tun? Er mit seinen zwei linken Händen war ihre rechte Hand – und sozusagen auch ihr rechter Fuß.

Sie hatten öfters zusammen über den Tod gesprochen, bis Anna eines Tages erklärte, sie wolle nicht immer darüber reden.

«Ich weiß nicht, wie das noch herauskommt», sagte Anna zu Freunden, die zu Besuch waren. Obwohl sie ja wusste.

Andere Freunde von Anna versicherten ihr, es komme schon wieder gut, komme bestimmt wieder gut, man müsse nur daran glauben, nicht aufgeben, es sei doch bestimmt nicht so schlimm, ganz bestimmt, und sie erschraken, als Anna und Max dennoch offen vom Tod redeten, ließen sich aber nichts anmerken. Später riefen sie Max an und versicherten, wie schlimm es sei. Sie würden sich bald wieder melden. Sie meldeten sich nicht mehr.

Monika jedoch, die Musikerin, sagte nicht viel. Sie zog eine Flöte hervor und spielte für Anna. Die Oboe habe sie nicht mitgenommen, die wäre wahrscheinlich zu laut hier in diesem Zimmer. Und dann begleitete sie Max mit Anna im Rollstuhl auf einen Spaziergang rund um den kleinen Wald.

Auf ihren Spaziergängen muss Max mit dem Rollstuhl immer wieder wegen geparkten Autos vom Gehsteig auf die Straße ausweichen. Überall tauchen Hindernisse auf.

«Hindernisse!» Und jetzt grinst die Katze. «Da knipst Paul doch laufend Fotos von mir und verschickt sie auf Facebook. Ohne mich zu fragen. Wie ich einen Baum hinauf klettere und so. Susi, die Nachbarkatze, hat es mir erzählt. Uschi, bei der sie wohnt, hat ihr die Fotos gezeigt. Uschi ist eh ein blöder Name. Saublöd. Ein Hund würde natürlich von seinem Frauchen sprechen. Aber wir Katzen sind nicht so bescheuert. Würde mir nie und nimmer in den Sinn kommen, Paul als mein Herrchen zu bezeichnen. Abgesehen davon bin ich nicht SEINE

Katze. Ich wohne bei ihm, er gibt mir zu fressen, das ist alles. Und dass er mich laufend fotografiert. Na ja, wenn es ihm Spaß macht. Soll er. Aber was ich sagen wollte: Hindernisse – Hindernisse gibt es nicht. Nicht für mich. Und Max – dieser Max hat bestimmt keinen Führerschein für seinen Moritz. Moritz, so heißt der Rollstuhl, mit dem er seine Frau durch die Gegend kutschiert, jede Wette!

Führerschein für seinen Moritz, ha, ha! Susi hat sich halb totgelacht.»

71

Mehrmals hat Max schon geträumt, dass er im Stadttheater spiele, eine große Rolle, und kurz bevor er auftritt, weiß er seinen Text nicht mehr. Er sucht verzweifelt sein Textbuch. Findet es nicht. Wenn er nur den Anfang wüsste, wäre er gerettet. Nichts. Nichts. Das Stück ist von ihm! Und er weiß seinen Text nicht. Kein Wort. Kein einziges Wort. Er steht verzweifelt in der Seitengasse. Gleich ist sein Auftritt!

Mit neun Jahren spielte Max im Stadttheater Bern den zweitkleinsten Zwerg in «Schneewittchen und die sieben Zwerge». Seine erste Rolle überhaupt. Der Leim, womit der Bart angeklebt wurde, juckte arg am Kinn. Es biss. Schrecklich. Das war ihm immer zuwider. Trotzdem spielte er gerne. Und der Sprit, womit sie nach der Vorstellung den Leim vom Kinn entfernten, stank fürchterlich. Ein Garderobier trank diesen Sprit heimlich. Das kam aus, weil die Flaschen immer so schnell leer waren.

Ein Zwerg bin ich immer noch, denkt Max. Und einen Bart habe ich auch. Zum Glück juckt er nicht. Aber er muss ja auch nicht geklebt werden, nur von Zeit zu Zeit gestutzt.

Der größte Zwerg war ein Berufsschauspieler. Nach Jahren kehrte er ans Stadttheater Bern zurück. Anna erzählte Max, er beharre bei jedem Stück darauf, dass er zu seinem Kostüm ebenfalls eine grüne Unterhose bekomme, obwohl man die nie und nimmer sehe.

So schlimm sieht es bei mir noch nicht aus, denkt Max, Zwerg hin oder her.

Es ist wirklich ein Theater mit dem Theater, denkt Max. Aber immerhin verdankt er dem Theater, dass er keinen Militärdienst leisten musste. Er war ja lange genug Soldat im Stadttheater, und dies schon mit sechzehn Jahren. In Richard III, sie waren hundert Soldaten, gehörte er zu König Richards Soldaten, die am Schluss des Stückes – «ein Pferd, ein Pferd, ein Königreich für ein Pferd!» – alle tot auf dem Boden lagen. Sie kämpften mit gezogenen Schwertern, die aber mehr oder weniger stumpf waren. Im Schlachtgetümmel, besser gesagt, beim Sterben kamen manchmal zwei bis drei Soldaten auf Max zu liegen, dass er beinahe erdrückt wurde. Aber tot waren sie schließlich alle. Und das war ja die Hauptsache.

Ebenfalls Soldat in Aida, da trugen sie nur eine Art Lendenschurz und mussten also Gesicht, Oberkörper, Arme und Beine schminken. Es gab damals noch keine Duschen im Stadttheater, nach ihrem Auftritt rannten sie deshalb über die Straße und die Seitengasse hinauf ins Volkshaus, dem heutigen Hotel Bern. Zum Glück war um diese Zeit kaum jemand in dieser Gegend unterwegs, so dass niemand ob der wilden Jagd der

Fastnackten in Ohnmacht fiel oder einen Herzinfarkt erlitt, jedenfalls wurde kein diesbezüglicher Fall bekannt.

Anna, die lächelnd Max's Erzählung angehört hatte, sagte daraufhin bloß: «Na!»

Und wieder ein Soldat in der «Entführung aus dem Serail», aushilfsweise für einen erkrankten Statisten. Sie hatten ein Gastspiel in Olten, die Bühne dort ist kleiner als in Bern. Die Soldaten mussten mit Krummsäbel die fliehenden Liebespaare verfolgen, in der Mitte der Bühne stand ein Ziehbrunnen, die Verfolgungsjagd ging rundherum, alles ist wirklich viel enger. Max erwischt die Kurve nicht richtig und schon steckt er mit seinem Krummsäbel mitten in der geflochtenen Hauswand. Mit Mühe kann er ihn wieder herausziehen. Schallendes Gelächter im Publikum, es gibt sogar Szenenapplaus, toller Regieeinfall. Nur der Regisseur, dieser alte Muffel, fand es überhaupt nicht toll.

Einer der Statisten meinte mal, die vielen Stunden als Soldat im Stadttheater sollten eigentlich als Dienstzeit in der Schweizer Armee angerechnet werden.

Max fand die Idee super. Aber deshalb wurde er leider nicht vom Militärdienst in der Schweizer Armee dispensiert. Er musste trotzdem zur Rekrutenschule in Payerne einrücken, konnte sich aber schon nach zehn Tagen mit Asthma befreien, das heißt, als Kind hatte er Bronchialasthma gehabt, zum Glück ausgeheilt, aber nun ließ er es spielerisch wieder aufleben.

Er ging morgens und abends zur Militärarztvisite, ging dabei nur noch keuchend die Treppen hinauf und hinunter. Um ein bisschen nachzuhelfen, aß er nicht mehr, trank nur noch Bier und stellte sich im Hemd in den Durchzug. Zwei

Tage später hatte er Fieber. Nun war der Militärarzt gezwungen, endlich zu handeln. Er fuchtelte Max mit einer dicken Spritze vor den Augen, aber da dieser keinen Wank tat und bei seinem schlechten Gesundheitszustand blieb, versorgte der Arzt die Spritze wieder und gab ihm Tabletten.

Max wurde ins Krankenzimmer aufgenommen, wo er im Bett ein Antikriegsstück schrieb.

Als der Kommandant einen Besuch machte, richteten sich alle andern auf und salutierten, nur Max blieb liegen und erklärte auf den Anschiss hin, es gehe leider nicht, er habe schlimmes Asthma.

Nachdem ein Rekrut mit einem Herzfehler bei einer Übung tot zusammengebrochen war, bekam der Militärarzt wohl kalte Füße, und so wurde Max ins sechzig Kilometer entfernte Inselspital in Bern evakuiert. Zwar nicht mit einem Krankenwagen, man drückte ihm einen Schein für die Eisenbahn in die Hand und er musste sich selber evakuieren.

Im Inselspital hatte er zum Glück einen Arzt, der kein Militärkopf war, ganz im Gegenteil. Und damit das Glück wirklich in seinen Schoss fällt, musste Max nur zwei Tage in einem Krankenzimmer mit zwölf Betten verbringen, dann konnte er nach Hause. Militärdienstuntauglich wegen Asthma und Rückenproblemen.

In der ersten Nacht hatte Max die Klingel, die an einer Schnur über dem Bett baumelte, betätigt. Schließlich hatte er krank zu sein, es hatte geheißen, er solle klingeln, falls er etwas benötige. Ein Licht leuchtete jetzt über der Tür. Und gleich darauf wurde eine Nachttischlampe angezündet. Ein junger, ausgemergelter Mann hatte sich im Bett aufgerichtet.

«Kommt denn da wieder mal keiner! Wer hat geklingelt? Hier könnte man sterben, bis jemand kommt! Wer hat geklingelt?!»

Max hob den Zeigefinger. Das war ihm jetzt doch peinlich, solch einen Aufruhr verursacht zu haben.

Die Tür ging auf, eine Krankenschwester kam herein, schaute sich um.

«Na endlich!», sagte der junge, ausgemergelte Mann. «Der dort!» Und er zeigte auf Max.

Nachdem er gefragt worden war, was los sei, bekam er ein Zäpfchen. Ob er es sich selber stecken könne? Max bejahte, und sobald die Krankenschwester verschwunden war, steckte er es unter das Kopfkissen.

Obwohl er ja nicht krank war, schlief er schlecht. Die ungewohnte Atmosphäre dieses großen Krankenzimmers, ein Saal mit zwölf Betten, jedes belegt, vor allem aber das ununterbrochene Rauschen einer Sauerstoffflasche, woran einer der Männer angeschlossen war, störte ihn. Und er war heilfroh, dass er so schnell entlassen wurde.

Ein alter Mann, der schon seit einiger Zeit in diesem Krankenzimmer lag, sagte zu Max zum Abschied: «Wenn ich hier rauskomme, dann geh ich schnurstracks in die Altstadt und esse im ‹Anker› eine Rösti mit Bratwurst.»

Seine Augen waren feucht geworden.

Der Tod ist eine Katze.

72

Sie habe keine Angst vor dem Tod, sagte Anna. Sie habe nur Angst ... Sie beendete den Satz nicht, machte bloß eine Handbewegung. Max verstand. Nicht der Tod, das Sterben. Zurücklassen. Verlassen.

Max schaltet den Computer ein, schreibt an einem Theaterstück. Anna schläft. Er hat den Vertrag für das Stück unterschrieben, bevor Anna krank wurde. Jetzt fühlt er sich verpflichtet. Zwischendurch geht er zur Schlafzimmertür, lauscht. Später wird er Anna wecken, mit ihr auf die Toilette gehen.

Einmal hörte er ein Geräusch. Anna saß im Finstern in der Küche. Auf seine Frage, was sie hier mache, antwortete sie, sie warte auf ihn.

Jetzt kann sie nicht mal mehr allein aufstehen.

Der Tod ist eine Katze. Lauf! Lauf! Gib nicht auf! Lauf!

Aber ich hab dich nicht aufgefordert zu laufen, aufgefordert, zu kämpfen. Du bist friedlich gestorben. Ohne Kampf. In Ruhe.

Die Flugzeuge rasen in die Wolkenkratzer. Immer wieder. Die Fernsehzuschauer können sich nicht satt sehen. Die Fernsehmacher können nicht satt werden, es immer wieder zu zeigen. Bei jeder sich halbwegs bietenden Gelegenheit. Sie schaffen daran, die Gelegenheit zu schaffen. Monatsjubiläum, Jahresjubiläum, die Zahl elf. Und die Flugzeuge rasen in die Wolkenkratzer.

Manchmal schauen sie noch zusammen die Nachrichten im Fernsehen. Sitzen auf dem Sofa. Wie ein altes Ehepaar.

Anna hat den Kopf abgedreht – zu ihrer rechten Schulter. Sie kann nicht anders, es ist durch die Krankheit bedingt.

Die Krähen fliegen über die Grenze. Hin und her. Eine Krähe fliegt rückwärts. Der Wind.
    Max sitzt auf Annas Felsen. Die Krähen fliegen über die Grenze.
    Max singt das Guggisberglied. Für Anna. Ein trauriges Liebeslied.
    Kissen und Decken fliegen in den Schnee. Anna lacht schallend, wie Max endlich mit dem Kinderwagen zum Stillstand kommt. Und die Krähen fliegen hin und her. Über die Grenze. Hin und her.

73

Wie tanzende Krähen. So sieht Isabelle ihre Geburtstagsgäste. Ihre Träume steigern sich immer mehr zu Alpträumen: Vorbereitet wird der Absturz eines Passagierflugzeuges, Wetten werden abgeschlossen; wie viele Tote, wie viele Schwerverletzte.
    Dank genauesten Berechnungen konnte bereits eine Woche zum voraus Ort und Zeit des Flugzeugabsturzes bestimmt werden. Die Katastrophe wird auf der Absturzstelle zum Volksfest mit Karussell, Schießbuden und ambulantem Bordell, noch bevor Feuerwehr und Sanität eintreffen. Isabelle und ihre Geburtstagsgäste, später auch Isabelles Mann, sind mitten im Geschehen. Isabelle entlarvt dabei ihre Geburtstagsgäste, in denen sie aber auch ihre eigenen Eheprobleme gespiegelt sieht; den Absturz ihrer Beziehung.

Max, als Autor dieses Theaterstücks, wird zu den Proben am Schauspielhaus von Šiauliai, Industriestadt und kulturelles Zentrum im Norden von Litauen, erwartet. Hier befand sich eine der größten Luftwaffenbasen der Sowjetunion; mitten aus dem blauen Himmel habe es regelmäßig auf die Stadt geregnet: Die Militärflugzeuge entleerten vor der Landung ihre Tanks. Hier standen die Abschussrampen der sowjetischen Atomraketen. Jetzt ist der Flugplatz verödetes Niemandsland.

Und wieder steht Max an der Grenze. Zwar nicht an der eigentlichen Landesgrenze, bereits vor einer Stunde meldete der Bordlautsprecher des Flugzeugs, dass sie sich im Anflug auf Vilnius, die Landeshauptstadt, befänden. Unter ihnen lag Schnee, erst wie schlecht verstreuter Puderzucker, dann immer kompakter. Zugefrorene Flüsse und Seen.

Nach der Passkontrollstelle im Flughafen von Wien hatte als einzige Person eine junge Frau mit sehr kurzen roten Haaren im Warteraum für den Flug nach Vilnius gesessen. Sie hatte leise vor sich hin geweint. Ein paar weitere Fluggäste fanden sich ein. Die junge Frau setzte sich einen Kopfhörer auf. Etwas später sang sie das Lied laut mit. Ein englischer Popsong.

Im Flugzeug saß Max wieder über dem linken Flügel, wie bereits während des Fluges von Zürich nach Wien. Er drehte mehrmals den Kopf, konnte aber die junge Frau mit den kurzen, roten Haaren nirgendwo erblicken. Plötzlich rüttelte und schüttelte sich die Maschine. Sie fuhren Karussell. Der Flügel unter dem Fenster von Max richtete sich schräg nach oben –, fand zurück in die Waagrechte. Nun ging es hinunter. Tiefer und tiefer.

Es ist kalt. Grau. Ein grauer, kalter Raum. Als würde das Land dem Ankömmling erst mal die kalte Schulter zeigen.

Max fühlt sich fremd wie noch nie. Von den Lautsprecherdurchsagen versteht er kein Wort.

Er ist schon lange nicht mehr allein im Ausland gewesen, in den letzten Jahren immer mit Anna zusammen. Sie fehlt ihm richtig, würde ihm auch jetzt eine Sicherheit geben, selbst wenn er immer den Dolmetscher und Fremdenführer spielen musste. Gerade deshalb.

Langsam rückt er vor. Und hofft, dass der Fahrer des Theaters, wie versprochen, auf ihn wartet.

Nach einer halben Stunde stehen nur noch drei Personen vor Max, dafür warten seitlich mehrere Reisende bei der Tür mit der Aufschrift «Visa». Der zuständige Beamte ist eben erst gekommen. Gerade wird wieder jemand von der Passkontrolle weggeschickt und stellt sich dort an. Max beschleichen leise Zweifel, ob seine Informationen stimmen, und er fragt sich, ob ihm nicht das gleiche blühe.

Zwei Uniformierte treten aus einer seitlichen Tür, nehmen einen jungen Mann beim Kontrollschalter in ihre Mitte, gehen mit ihm weg.

Endlich ist Max an der Reihe. Eine Beamtin blättert in seinem Pass, schaut ihn mehrmals prüfend an, ohne ein Wort an ihn zu richten. Schließlich kriegt er einen Stempel in den Pass und sie lässt ihn passieren, wobei sie immer noch stumm wie ein Fisch bleibt.

In der Halle wartet der Regisseur, der sich bereits gefragt hat, ob sie sich verpasst haben. Draußen steht das Theaterauto mit Fahrer.

Entlang der Autobahn und später entlang der Landstraße sind immer wieder Krähen zu sehen. Eine eintönig grauweiße Landschaft unter grauweißem Himmel.

Der Regisseur berichtet von verschiedenen Katastrophen am Theater. Eine Schauspielerin sei erkrankt und der Direktor, der ebenfalls im Stück mitspielt, sei vorgestern auf der vereisten Straße ausgerutscht und humple nun mit einem enorm dicken Fuß herum, die Premiere werde aber am 1. März stattfinden, und wenn er, der Regisseur, jemanden mit der Bahre auf die Bühne tragen lassen müsse und wenn auch alle Termine an allen Theatern hier in Litauen laufend verschoben würden.

Der Bruder der Hauptdarstellerin sei vor zehn Tagen erschossen worden, wahrscheinlich eine Mafiageschichte. Er habe auch schon mehrmals Schüsse in der Innenstadt von Šiauliai gehört und letzthin habe man ihn zurückgehalten, er solle die Theaterkneipe nicht betreten, da laufe ein Verrückter herum und setze den Gästen die Pistole an die Schläfe.

«Wieso hast du mir nicht gesagt, dass ich eine kugelsichere Weste mitnehmen soll?», fragt Max.

Der Regisseur schaut ihn spitzbübisch an. «Ich wollte dich nicht abschrecken, zu kommen.»

Immer wieder Krähen entlang der Straße. Es ist finster, wie sie Šiauliai erreichen. Im Finstern sieht man die Krähen nicht mehr.

74

Am folgenden Samstag ist ein Ausflug zum Kreuzberg geplant. Max wartet mit dem Regisseur in der Theaterkneipe auf den kleinen, grünen Theaterbus. Ein alter Professor von der Kunstakademie sitzt ebenfalls hier am gleichen Tisch. Er erzählt Max, dass er nach Sibirien deportiert worden sei. Seine ganze Familie sei dort umgekommen. Er selber sei zum Tode verurteilt worden.

Sie brechen auf, und Max erfährt nicht, weshalb der alte Professor dies alles erleiden musste und wie er frei kam.

Der kleine Theaterbus hat an seinen Seitenfenstern weiße Spitzenvorhänge, als würde man in Großmutters Wohnstube sitzen. Begleitet werden Max und der Regisseur von Lina, einer jungen Schauspielerin, und auch Vladas, ein alter Schauspieler, ist mit dabei. Früher habe er ein bisschen Deutsch gesprochen, aber das habe er längst verlernt. Er hat bei jedem Wetter einen großen Regenschirm bei sich, der ihm als Gehstock dient.

Der Kreuzberg, etwa 17 Kilometer nördlich von Šiauliai, gilt als Hauptattraktion der Stadt und als eine der Sehenswürdigkeiten, die angeblich jeder Litauer unter den ersten seines Landes aufzähle. Der Fahrweg, der von der Hauptstraße zu diesem kleinen Hügel führt, ist vollständig mit Schnee bedeckt. Ein Meer von Kreuzen, Zehntausende oder Hunderttausende, dicht an dicht, in allen denkbaren Größen. Wahrscheinlich hätten die Bewohner der Umgebung nach der Niederschlagung des Aufstands gegen den Zarismus von 1863 damit begonnen, hier Kreuze für ihre beim Aufstand ums Leben gekommenen Angehörigen zu errichten. Später waren dann auch Kreuze für die Opfer des Stalinismus hinzugekommen, als Tausende von Litauern nach Sibirien deportiert wurden und dort ums Leben kamen. Eines Tages seien die Panzer angerollt und hätten die Kreuze niedergewalzt. Doch am nächsten Tag seien die Kreuze wieder aufgerichtet gewesen. Die Besatzung der Panzer aber sei zwei Jahre später an einer unerklärlichen Krankheit gestorben.

Über die vielen litauischen Juden, die von den Nazis deportiert und in den Gaskammern ermordet wurden, wird nicht gesprochen.

Inzwischen hat sich die Flut der Kreuze die Hänge herunter ergossen und dehnt sich rings um den Hügel aus. Unzählige kleine und kleinste Kreuze hängen als Dank- oder Bittopfer an den Großen.

Bei seiner Hochzeit hätten sie dort ebenfalls ein Kreuz deponiert, wird der Theaterdirektor, der eigentlich mitkommen wollte, es aber wegen seines schmerzenden Fußes wieder sein ließ, Max später erzählen. Geholfen hätte es nichts, er sei seit mehreren Jahren geschieden. Er wird vorschlagen, dass die ganze Theatertruppe zusammen mit Regisseur und Autor ein Kreuz hinhängen gehen, um für die Produktion Glück und Erfolg zu erbitten, worauf dann aber ohne Erklärung verzichtet werden wird.

Gerade ist ebenfalls eine Hochzeitsgesellschaft auf dem Kreuzberg. Die Braut ohne Mantel im weißen Kleid und mit Stöckelschuhen. Es weht ein beißender Wind. Sie hält sich krampfhaft am Arm des Bräutigams fest, um auf dem Eis nicht auszurutschen. Die Gesellschaft strebt schon bald wieder den parkierten Autos zu. Da merkt der Bräutigam auf halbem Weg, dass er vergessen hat, das Kreuz zu deponieren, und eilt zurück.

75

Sonntagvormittag. Max und der Regisseur sitzen in der kalten Theaterkneipe, trinken Kaffee. Es geht gegen Mittag. Frühstück gab es – wie immer – keines. Dafür steht plötzlich ein Whisky vor Max. Vom Theaterdirektor. Er ist betrunken, tanzt zwischen den Tischen rum wie ein Bär. Seine Frau habe ihn rausgeschmissen.

Max muss mal. Ein großer Raum mit dunklem Steinboden, an einer Wand sechs Pissschüsseln nebeneinander, die Hälfte davon verstopft, kleine Bäche schlängeln sich zu einem Abflussloch in der Mitte der Örtlichkeit. Beim Waschbecken fehlt das Abflussrohr, das Wasser stürzt neben Max's Füßen zu Boden und bahnt sich ebenfalls seinen Weg zur Mitte. Gegenüber, eine Stufe höher, drei Stehscheißen, die Türen stehen offen und gewähren freie Sicht auf die Haufen, die neben das Loch gefallen sind. Max zieht die Hose auf Hochwasser und stelzt wie ein Storch dem Ausgang zu. Natürlich hält er die Luft an. Nützt nichts, der Aufenthalt ist zu lang.

Die Bedürfnisanstalt hier im Untergeschoss dient ebenfalls als Toilette für die Zuschauer, die einzige im ganzen Theater.

Montag. Abreise. Der Magen von Max ist völlig durcheinander. Die Reise wird zur Qual. Obwohl er vom Theaterschofför die zweihundert Kilometer zum Flughafen gefahren wird, begleitet ihn noch die Schauspielerin Lina, die dafür ihren freien Tag opfert.

Auf der Autobahn überholen sie ein von einem Pferd gezogenes Fuhrwerk. Hin und wieder ein einsamer Radfahrer auf einem uralten Vehikel. Fußgänger, allein, zu zweit. Später eine kleine Gruppe von Kindern mit Schulmappen.

Plötzlich hält der Fahrer an. Irgendwas mit der Benzinzufuhr. Max schaut besorgt auf seine Uhr, hofft, das Flugzeug nicht zu verpassen.

Weiter vorne taucht aus dem Wald ein großer Mann mit einer Pelzmütze auf, betritt die gegenüberliegende Fahrbahn, schlingert über den Mittelstreifen von einer Fahrbahn zur andern. Jetzt hat er das stehende Auto gesehen. Er schwankt herbei, bleibt neben dem Auto stehen, schaut stumm, wankt weiter. Inzwischen ist der Fahrer die Böschung hinuntergestiegen. Er kommt mit einem dünnen Ast zurück, stochert damit im Benzintank. Er startet den Motor, nickt. Sie fahren weiter.

Krähen auch hier.

76

Hin und her. Tanzen in einem weiten Bogen. Tief unten der gestaute Fluss. Die Krähen lachen. Max sitzt auf Annas Felsen.

Auslaufende Wellen. Leises Rauschen. Schaukelnd treiben. Strandgut. Eintauchen. Fließen. Zerfließen.

Der gestaute Grenzfluss fließt. Spritzt. Schäumt.
Schäumt und spritzt zwischen den Felsen.

Anna hat geträumt, sie sei gestorben.
«Was muss ich jetzt machen?», fragt Anna, nachdem Max sie auf die Toilette gesetzt hat.
«Weißt du das nicht?», fragt Max etwas hilflos.
«Nein. Ich bin doch gestorben.»
Sie scheint glücklich zu sein. Max dreht den Kopf ab, damit sie seine Tränen nicht sieht.

Im Grenzfluss fließen. Zerfließen.

Brauner, leicht gewellter Schlamm, so weit das Auge reicht, brauner Schlamm bedeckt das ganze Land. Sumpf. Ein Dachfirst ragt noch heraus. Max steht auf dem obersten Ast eines

Baumes. Bald wird der Morast seine Beine hochsteigen. Bald wird er versinken. Ersticken.

Nach dem Aufwachen wundert sich Max, dass er nicht die geringste Angst gehabt hat.

Tief unten der gestaute Fluss. Eine dunkle Fläche. Grenzfluss. Eine dunkle Fläche, worin sich die Wolken spiegeln.

Flügelschlagen, klagendes Krächzen eines einsamen Raben. Das Rauschen des Doubs. Ein zweiter Rabe antwortet. Kommt angeflogen. Tief unten spiegeln sich die Felsen. Wolken.

Vielleicht lebe ich auf dem Mond, denkt Max. Aber der ist ja auch schon morsch.

Geträumt. Als Traumtänzer auf dem hohen Seil, aus meinem Fenster gespannt das eine Ende, das andere im Nirgendwo, auf dem Seil tief in mir. Und ich träume.

Wenn ich nur noch Luft bin …

Ich wohne an der langen, schmalen Straße in die Nacht.
    Und wenn du dich umdrehst,
    scheint dir die Straße plötzlich kurz.

Manchmal grün, manchmal gelb,
    manchmal eine dunkle Fläche.
Manchmal spiegelglatt, manchmal mit Gänsehaut.
Manchmal gefroren.

Max steht auf, stützt sich auf das verrostete Geländer. Er schaut erstaunt in die Tiefe.

Irgendetwas schwimmt von Frankreich her durch das Wasser, nähert sich mit erstaunlicher Geschwindigkeit dem Schweizer Ufer, zieht einen langen weißen Schweif hinter sich her. Was mag das sein? Seltsam.

Max hebt den Blick, entdeckt auch am Himmel einen weißen Strahl, der sich schnell vorwärts bewegt. Ein Flugzeug. Sein Kondensstreifen spiegelt sich im Wasser.

Manchmal träume ich noch.
   Wie soll ein Träumer nicht träumen?
   Bin immer noch ein Traumtänzer auf dem hohen Seil
   – so lange das andere Ende im Nirgendwo.
   Nur der Wind, mich festzuhalten.
   Manchmal wäre ich gerne nur noch Luft.

Auslaufende Wellen. Leises Rauschen. Im Horizont die bleiche Sichel des Mondes.

77

Ich war mal Sargträger. Im Stadttheater. Lange bevor Anna dort auftauchte. Im Sarg lag der Mond. Und der Chor singt: Der Mond ist weg, der Himmel leer, wir finden unsern Weg nicht mehr. – Oder so ähnlich. Ein Dorf hat den Mond verloren und versteht die Welt nicht mehr.

Wir hatten ein Gastspiel in der Grand Opéra von Genf. Wir, die Statisten, nahmen das Flugzeug von Bern-Belpmoos. Ich ging in die neunte Klasse. Als Sargträger, der mit dem Flugzeug nach Genf fliegt, bin ich in der Achtung meiner Klassenkameraden gewaltig gestiegen. Mein Bruder, ein Jahr älter als ich, spielte auch mit. Geflogen waren wir noch nie. Es war, als ob wir nach New York fliegen würden.

Mein Bruder hat vor den älteren Statisten geprahlt, dass wir in Genf in der nächsten Kneipe einen heben würden – so richtig auf den Putz hauen. Um den Welschen zu zeigen, dass die Berner keine Milchbubis sind. Als wir aus dem Flugzeug stiegen, war er grün im Gesicht wie ein Waldschrat. Im Flugzeug hatte es zwar nur Orangensaft gegeben. Reisekrank eben. Jedenfalls musste er auf schnellstem Weg ins Hotel gebracht werden. Am Abend dann mussten wir den Sarg ohne ihn tragen.

In einer anderen Szene hätte mein Bruder mit einer Partnerin ein Liebespaar darstellen sollen. Diesen seinen Part musste nun ich übernehmen. Nur Händchen halten. Trotzdem war es mir peinlich. Die Partnerin war hübsch. Aber ich war sehr schüchtern.

Sargträger bin ich immer noch. Der Mond darin. Neumond. Also unsichtbar. Auch den Sarg sieht man nicht. Aber tragen muss ich ihn alleine.

Vielleicht lebe ich auf dem Mond. Und wenn der Mond im Sarg liegt, ich auf dem Mond, folglich ebenfalls im Sarg, dann trage ich, der Sargträger auf dem hohen Seil, mich selber, freilich unsichtbar wie Mond und Sarg, doch dies erleichtert die Sache kaum.

78

Wann sein Vater die Bücher von Gotthelf angeschafft hatte, weiß Max nicht mehr. Wahrscheinlich wurden sie einzeln alle zwei, drei Monate mit der Post ins Haus geschickt. Man packt das Buch aus, stellt es neben die bereits zugeschickten Bände. Die Mutter schimpft vielleicht ein bisschen, Bücher sind Staubfänger, sie schimpft aber nicht zu sehr, Gotthelf war ja ein Pfarrer gewesen, jedenfalls staubt sie ihn jede Woche ab.

Sie kannte sein Werk hauptsächlich von den Verfilmungen und noch mehr von den Hörspielbearbeitungen, wie fast die ganze Nation östlich des Röstigrabens freute sie sich auf den Mittwoch; an diesem Abend wurden die Hörspiele ausgestrahlt, hatte man für einmal die Kirche nicht nur mitten im Dorf, sondern mitten in der Stube. Sie kennt also sehr wohl den frisierten Gotthelf – frisiert nicht in dem Sinn wie Jugendliche ihre Töfflis behandeln, kein röhrender Gotthelf, obwohl er gerade das auch war, das wussten seine Zeitgenossen und wünschten deshalb den Pfarrer zum Teufel, aber der wollte ihn ums Verrecken nicht holen, kein röhrender Gotthelf, nein, ein sonntäglich frisierter, wobei die Frisöre nur in löblichster patriotischer Absicht handelten, zur Erhaltung eines gesunden Volkes.

Nun steht also das Werk in der guten Stube, oder wenigstens ein Teil davon, die Mutter nimmt es immer wieder zur Hand, wie gesagt, um es abzustauben, trotzdem kann sie es sich nicht verkneifen, dem Vater unter die Nase zu reiben, wann er denn das alles lesen wolle, er lese ja doch nur die Zeitung. Dieser braust auf, wenn er mal pensioniert sei, werde er genügend Zeit dazu haben, aber man könne ja jederzeit die Lieferungen abbestellen, Postkarte genügt, und das werde er jetzt auch tun, damit es Ruhe gebe.

Natürlich vergisst er den Termin immer wieder. Der Vater stirbt vor der Pensionierung, ohne dass er seinen Wintervorrat an Literatur nach dem Auspacken noch einmal berührt hätte. Mittlerweile sind es 17 Bände, die Max alle erbt. Sie stehen auf dem zweitobersten Regal bei ihm im Korridor, der aus Platzmangel zur Bibliothek umfunktioniert wurde.

Eines grauen Tages im Dezember ruft der Dramaturg vom Theater Kanton Zürich Max an und fragt ihn, wie er denn zu Gotthelf stehe. Sie planen für Sommer 97 eine Produktion von «Die Käserei in der Vehfreude», suchen einen Autor für eine Neubearbeitung.

Von der «Vehfreude» weiß Max, dass die Verfilmung auch als Wildwest im Emmental bezeichnet wurde. Er bittet sich Bedenkzeit aus. Aber an den Gotthelf kommt er nicht ran, selbst wenn er sich auf die Zehenspitzen stellt, und wo ist denn jetzt wieder die kleine Leiter?!

Endlich hält er die «Vehfreude» in Händen, hält sie so weit als möglich von seiner Nase weg, wo kommt denn bloß all dieser Staub her, ein Festschmaus für seine Stauballergie! Er läuft mit dem Buch auf den Balkon, klopft es erst mal auf seinen Staubgehalt ab. Doch obwohl er nach redlich Bemühen an diesem Tag höchstens zwanzig, dreißig Seiten darin gelesen hat, fängt seine Nase an zu jucken, und ebenso die Kehle. Am nächsten Tag kauft er in der Buchhandlung eine Taschenbuchausgabe.

Wie das Schicksal es will, fragt ihn ein halbes Jahr später Franz Matter, der in der Verfilmung der «Käserei in der Vehfreude» vor Jahren den jugendlichen Helden Felix spielte, ob Max nicht für eine Produktion des Berner Heimatschutztheaters die Novelle «Elsi, die seltsame Magd» neu dramatisieren würde. Von Max sind also mittlerweile zwei Stücke nach Gotthelf entstanden, den Wünschen des jeweiligen Theaters entsprechend, das eine auf Berndeutsch, das andere auf Hochdeutsch mit Gotthelfscher Färbung, beide aber ohne pfarrherrliche Moralpredigt. Hingegen ist Max auch nicht mit dem Bügeleisen darübergefahren, obwohl Gotthelf ganz sicher eines nicht war: ausgewogen.

Ausgewogenheit, das ist die höchste Tugend im Schweizerland. Nur keine Wogen. Sie haben ja auch kein Meer. Und wenn ihre Seen schon auch mal Wellen schlagen, so ist das trotzdem Süßwasser. Anstatt über das eigentliche Problem, diskutieren sie lieber darüber, ob es ausgewogen sei. Und diejenigen, die am lautesten danach schreien, sind es selbst am wenigsten.

79

Tief unten der gestaute Grenzfluss. Tannen zu beiden Seiten. Und plötzlich ist Max im slowenischen Wald. Tannen auch dort. Aber keine Schluchten. Dafür Bären. Und mitten im Tannenwald ein kleines Theater, die Bühne mit rotem Vorhang. Aus dem Stück «Elsi die seltsame Magd» von Max werden Szenen auf Slowenisch gespielt.

Wieder stand Max an der Grenze, wobei er die Landesgrenze schon längst überflogen hatte. Die Passabfertigung ging diesmal rasch vor sich. Doch draußen wartete niemand auf ihn, obwohl die Veranstalterin, eine Professorin an der Universität Bern, Slowenin, versprochen hatte, ihn am Flughafen abzuholen. Es regnete, war kalt. Und dafür fährt man in den Süden, ging Max durch den Kopf.

Alle Anschriften auf den Schildern nur auf Slowenisch, wovon Max kein Wort verstand. Wie geht's jetzt weiter? Scheiße!

Max flüchtete sich vor dem Regen wieder in die Flughafenhalle. Ging auf und ab. Die Zeit verstrich. Sollte er ein Taxi nehmen? Aber wohin? Er hatte keine Adresse.

Max verwünschte die Professorin. Und zum Teufel mit allen Flughäfen im Regen, von denen man nicht abgeholt wird, und zum Teufel …

Plötzlich: «Juhu!» Die Professorin, einen roten Regenschirm schwenkend. Ihr Auto warte draußen.

Grund für die Aufführung von Szenen aus dem Theaterstück von Max, einer sehr freien Bearbeitung von Gotthelfs Novelle «Elsi, die seltsame Magd», war eine Kulturbrücke Schweiz – Slowenien in Velike Lašče, einem Dorf, aus dem der «slowenische Gotthelf» Fran Levstik stammt. In Erwartung der vielen Schweizerinnen und Schweizer – nicht wegen des Stücks von Max, sondern wegen der Kulturbrücke – in Erwartung der vielen Schweizerinnen und Schweizer wurden die Fassaden der Häuser auf dem Dorfplatz neu gestrichen und der Gehsteig frisch asphaltiert. Angereist waren aber nur wenige, an einer Hand abzuzählen.

Die Professorin argwöhnte, einige hätten wahrscheinlich Angst gehabt, sie könnten ermordet werden. In Ex-Jugoslawien herrschte immer noch Krieg, wenn auch nicht in Slowenien. Und, Ironie des Schicksals, beinahe wäre Max, der sich nicht im Geringsten gefürchtet hatte, erschlagen worden. Zwar nicht von Menschenhand.

80

Max war im Haus eines Schreinermeisters und seiner Frau untergebracht. In den siebziger Jahren waren sie beide als Gastarbeiter in Deutschland gewesen, sprachen daher immer noch recht gut Deutsch. In den Ferien waren sie jeweils in ihr Heimatdorf gefahren und hatten während vier Jahren ihr Haus gebaut. Mit Schaufel und Pickel hatten sie die Baugrube ausgehoben, Steine und Erde mit der Schubkarre weggeschafft.

Er sei in Deutschland immer gut behandelt worden, erzählte der Schreinermeister, er habe nie Probleme gehabt. Aber die Leute von hier seien auch tüchtige Arbeiter, nicht wie die von weiter unten, die vom Süden, alles faules Pack.

Bei uns fange der Süden schon weiter oben an, entgegnete Max.

Der Schreinermeister lächelte nur. Er geht jeden Sonntag und mehrmals während der Woche abends mit seiner Frau in die Messe, in der Kirche sitzen sie getrennt, die Frauen auf der einen Seite, die Männer auf der andern. Nur die Jungen halten sich nicht mehr an diese Regel.

Die Gemeinde Velike Lašče besteht aus über dreihundert Weilern. Die Landschaft hat eine gewisse Ähnlichkeit mit dem Emmental. Eine schöne Gegend, sehr grün. Hügel, Wälder. In den Wäldern leben zweiunddreißig Bären, die, vom Krieg vertrieben, aus Bosnien hier herauf gewandert waren.

Letzten Winter wurde ein Mann von einer Bärin angefallen. Normalerweise ergreifen die Bären ja die Flucht, sobald sie einen Menschen nur von weitem hören. Erst wenn jemand sich weniger als fünfzig Meter in ihrem Umkreis befindet, greifen sie zu ihrer Verteidigung an. Flucht ist aussichtslos, Bären sind sehr schnelle Läufer.

Da bleibe einem nichts anderes übrig, als sich zu Boden fallen zu lassen, das Gesicht nach unten, und sich ja nicht zu rühren, erzählte der Schreinermeister. Wenn er Pilze sammeln gehe, klopfe er mit einem Stock gegen die Baumstämme, das halle weit durch den Wald. Er sei noch nie einem Bären begegnet. Spuren gesehen, das schon, oh ja!

Der erwähnte Mann war eines Abends von der Busstation auf dem Heimweg. Die Bärin, die sich auf Futtersuche bis in die Nähe des Hauses gewagt hatte, befand sich auf der einen Seite der Straße und ihre Jungen auf der andern. Dies wurde dem Mann zum Verhängnis. Die Bärin griff sofort an, riss dem Mann ein Ohr ab und ein Auge aus, packte ihn und zog ihn in den Teich neben dem Haus.

Durch die furchtbaren Schreie alarmiert, kamen seine Frau und die Söhne herausgelaufen und konnten die Bärin vertreiben.

Seither werden alle Kinder mit dem Schulbus direkt vor der Haustür abgeholt und wieder dorthin gebracht. Bei den verstreuten Weilern gibt das für einige Kinder jeden Tag eine ganz schöne Rundreise.

Max, auf Annas Felsen, stützt sich immer noch auf das verrostete Geländer, schaut in die Ferne.

Am zweiten Tag fuhr Max mit dem Bus in die Hauptstadt Ljubljana, natürlich ohne leiseste Ahnung, dass es ihn beinahe Kopf und Kragen kosten würde, hauptsächlich den Kopf, Kragen hatte er keinen.

Sein Stadtbummel führte ihn in den Stadtpark, der in einen bewaldeten Hügel mit alten Bäumen übergeht. Sein Magen war wieder einmal durcheinander, wahrscheinlich erinnerte er sich an ihren Aufenthalt in Litauen letzten Winter und wollte gleich zu Anfang protestieren; das Mittagessen am Vortag hatte aber auch jegliches Essen in Litauen übertroffen – im negativen Sinn. Der Magen rebellierte, was Max jedoch das Leben rettete.

Er ging den Waldweg bergauf, in der Hoffnung, irgendwo sein dringendes Bedürfnis erledigen zu können. Endlich sah er einen Trampelpfad, der seitlich wegführte. Er bog darauf ein, in diesem Augenblick krachte es auf dem Waldweg, ein armdicker und gut drei Meter langer Ast war aus der Höhe heruntergesaust. Max wäre erschlagen worden, wäre er nicht in letzter Sekunde dank seines Magens abgebogen. Trotzdem verging ihm an diesem Tag das Scheißen gründlich.

Aber es ist nicht du, der sterben wird, du bist es nicht, nicht du.

Abendessen beim Schreinermeister, er hatte Max erst gefragt, was er möchte. Wie zu Hause? Ja gerne. Was sie denn in der Schweiz essen würden? Nein, wie hier bei ihnen zu Hause. Also gut, das übliche Essen, das sie jeden Abend zu sich nehmen, oder ob Max doch nicht lieber wie bei ihnen in der Schweiz, nein, also, einen Teller Polenta und eine Riesentasse, die selbst die stattlichste Emmentalerin vor Neid hätte erblassen lassen, bis zum Rand gefüllt mit vollfetter Milch, so fettig, dass eigentlich das Herz jedes Gotthelf-Bearbeiters hätte hüpfen sollen, doch der undankbare Magen von Max, an dünnere Milch gewohnt, verweigerte seine Pflicht.

Danach fuhren sie im Auto zu einem völlig alleinstehenden Holzhaus mitten im Wald. Zum Erstaunen von Max befand sich darin eine richtige Bühne mit rotem Vorhang. Geprobt wurde, wie das bei berufstätigen Laien üblich ist, abends. Sowohl die Schauspielerinnen und Schauspieler wie der Regisseur sprachen nur Slowenisch, zum Glück diente Max die Tochter des Schreinermeisters als Dolmetscherin. So konnte er auch erklären, dass ein Emmentaler Bauer keine Krachlederne trägt.

Der Darsteller mit der Krachledernen versprach, eine andere Hose anzuziehen.

Der Sohn des Bürgermeisters spielte den Liebhaber und führte auch außerhalb der Bühne ganz souverän das große Wort. Er nahm, eine Selbstverständlichkeit, die Schachtel Pralinen, die Max für alle aus der Schweiz mitgebracht hatte, an sich. Max nahm an, dass er später die Pralinen unter den Mitwirkenden gerecht verteilte.

Zurück in die Schweiz geschickt wurde Max von den Dorfbewohnern mit einem Stück Käse, einer Wurst und einem Apfel, eingeschlagen in ein Hirtentuch, das streng nach Ziegenbock roch und an einem knotigen Stock befestigt war, der ihm bei der Flugabfertigung in die Quere kam und seltsame Blicke auf ihn zog. Obwohl er zu Hause das Hirtentuch gleich in die Waschmaschine steckte, roch es nicht besser. Anna ließ es dann unauffällig verschwinden, wogegen er nicht groß protestierte.

81

Tannen. Tief unten der gestaute Grenzfluss.

Max hat wiederum Steine mitgebracht, die er an einem Mittelmeerstrand für Anna aufgelesen hat. Er legt sie auf den schmalen Absatz am Rand von Annas Felsen.

Aus Budapest hatte er ihr nichts mitgebracht, ihr, die damals noch lebte, geht es Max schmerzlich durch den Kopf. Aber die Rückreise hatte sich überstürzt.

Soldaten mit Maschinengewehren stehen vor dem Eingang des Budapester Flughafens. Sie lassen die Reisenden nur einzeln in die Eingangshalle, wobei sie vorher Gepäck und Reisepass kontrollieren. Zwei Wochen nach dem elften September, die Bilder der Flugzeuge, die in die Türme des World Trade Center rasten, sind allgegenwärtig. Es hat geheißen, man müsse sich mindestens drei Stunden vor Abflug einfinden. In der Flughafenhalle bleibt nichts anderes übrig, als herumzustehen und zu warten. Keine Sitzgelegenheit.

Am frühen Morgen hat ihn seine älteste Schwester im Hotel angerufen. Sie habe bereits am Abend zuvor versucht, ihn telefonisch zu erreichen. Die Ärzte hätten bei Anna einen großen Hirntumor diagnostiziert. Es sehe gar nicht gut aus. Anna sei bis nach Mitternacht neben dem Telefon gesessen und habe auf den Rückruf von Max gewartet. Max müsse kommen, der werde ganz bestimmt kommen, habe Anna gesagt.

Max war schon kurz nach dem Abendessen zurück im Hotel gewesen, doch die Rezeption hatte ihn nicht informiert.

Nach dem Anruf seiner Schwester beschließt Max, die Lesereise, auf der er sich mit zwei Kolleginnen und einem Kollegen des Berner Schriftstellervereins befindet, abzubrechen. Es berührt ihn, dass Anna, die bisher immer auf Unabhängigkeit bedacht war, sich voll und ganz auf ihn abstützt. Und gleichzeitig ahnt er, dass sich über Nacht ihr beider Leben völlig geändert hat, ahnt das Schlimmste, das eintreffen wird und durch nichts sich abhalten lässt.

Du gehst jung zu Bett, fühlst dich noch jung, und am andern Morgen bist du zwanzig Jahre älter, hat die Welt sich umgedreht, und nichts wird mehr so sein wie früher. Das war Max nach dem Telefonanruf gleich bewusst. An diesem Morgen in Budapest in diesem tristen Hotelzimmer, vor dessen Fenster farbige Leuchtröhren die ganze Nacht hindurch blinkten, der dicke schwere Vorhang sich aber nicht ganz zuziehen ließ und das nervtötende Licht die ganze Nacht über Decke, Fußboden und den Wänden entlang geisterte, woraufhin Max vor das Kopfende des Bettes einen der alten Polstersessel, die im Zimmer standen, schob, damit dieser seinen Schatten auf das Kopfkissen wirft. Die Welt hat sich umgedreht. Für ihn. Für sie. Fortan in einer neuen Welt. Max lag noch im Bett. Ein früher Morgen in Budapest. Das Telefon klingelt.

82

Wär's nicht besser, ebenfalls ein Grab in den Lüften zu haben, nur noch Luft zu sein …

Max steht auf, stützt sich auf das rostige Geländer. Plötzlich entdeckt er etwas unterhalb von Annas Felsvorsprung auf einem schmalen Felsband einen Fuchs, der an der Sonne liegt.

Die Krähen fliegen hin und her. Hin und her. Tanzen in einem weiten Bogen.

Mehrmals hat Max schon geträumt, er könne fliegen. Ist geflogen. Ohne Flügel. Einfach so. Hinauf, hinunter. Flog von zu Hause bis zu Annas Felsen.

Die Krähen fliegen hin und her.

«Ach schau mal, der arme Teufel», sagt eine der Krähen. «Sitzt schon wieder auf der Nase meines Freundes. Dein Glück, dass ein Felsen nicht niesen muss. Was nützen diesen Kreaturen ihre zwei langen Beine und ihre zwei langen Arme. Können ja nicht mal fliegen. Pass auf, dass du nicht abstürzt – wie ein Ast im Sturmwind hinunterfällst!»

Ein armdicker Ast kracht herunter. Und Max erschlagen, wenn er im alten Stadtwald von Ljubljana nicht im letzten Augenblick auf einen Trampelpfad abgebogen wäre. Ein armdicker Ast kracht herunter. Im Gewittersturm über Paris. Der Regen prasselt auf die Seine, prasselt auf die Brücken, auf die Brücken von Paris, prasselt auf die Champs-Elysées, prasselt. Beim Rond Point bricht ein Ast von einem Baum. Ödön von Horváth, auf der Flucht vor den Nazis, wird erschlagen. Und der Regen prasselt, prasselt auf den leblosen Körper am Boden, Wasser fließt den Beinen entlang, staut sich an den verrenkten Armen zu einer Lache. Glaube, Liebe, Hoffnung. Und die Kleider vollgesogen vom Regenwasser. Geschichten aus dem Wienerwald. Das Regenwasser fließt in zwei Bächen dem leblosen Körper entlang. Dunkle Wolken tief über Paris, dunkle Wolken, die sich jagen, sich entladen. Dunkle Wolken vom nahen Meer, vom warmen Strom aus der Neuen Welt. Paris, im Juni 1938. Früher Abend. Und man würde glauben, es sei schon Nacht. Hoffnung – Glaube –Liebe. Glaube aus dem Wald. Hoffnung – Geschichten. Geschichten.

Max liebt die Stücke von Horváth. Anna hatte für «Glaube Liebe Hoffnung» die Kostüme entworfen, kurz nachdem sie sich kennengelernt hatten.

Die Krähen fliegen hin und her. Über Annas Felsen. Hin und her. Tanzen in einem weiten Bogen.

Etwas seitlich vom Felsvorsprung klettert Max auf das darunter liegende Geröllband. Doch es heißt vorsichtig sein, das

Geröllband ist abschüssiger als es von oben aussieht und an seinem Rand geht es senkrecht hinunter. Max baut ein Steinmännchen. Für Anna.

Das nächste Mal bringt er Sonnenblumen mit. Annas Plastiksonnenblumen, die immer noch in einer Vase im Schlafzimmer standen und täuschend echt aussehen. Wegen ihrer Allergie vertrug Anna keine richtigen Blumen in der Wohnung.

Max bindet die Plastiksonnenblumen in die Zweige zweier Bäumchen, die zwischen dem Geröll auf dem schmalen Band stehen. Und er malt sich aus, wie einige verwundert an den Rädchen ihres Fernglases drehen werden, wenn sie auf dieser Höhe die Sonnenblumen an den Bäumchen in der Felswand entdecken.

In eine kleine Nische im Felsen legt er ein paar Muschelschalen vom Mittelmeer und zwei grün gesprenkelte Steine vom Kieselstrand der Aare am Stadtrand von Bern.

83

Die Leiterin der Kostümabteilung wird auf Ende Spielzeit in Pension gehen. Nein, Anna hat keine Lust, ihre Position einzunehmen, für das Herren- und für das Damenschneideratelier und die Kostümbildkalkulation aller Stücke von Oper, Schauspiel und Ballett verantwortlich zu sein, sich damit herumzuschlagen, möchte lieber wie bisher Zweite sein, Assistentin der Abteilung mit Kostümbildverpflichtung einzelner Stücke.

Anna merkt hingegen bald, dass die Gewandmeisterin des Damenschneiderateliers diesen Posten anstrebt und in Anna eine Konkurrentin sieht, die es auszuschalten gilt. Aus verschiedenen Anzeichen vermutet Anna, dass die Gewandmeisterin sie bei der Direktion anschwärzt und zeigt ihr im Gegenzug die kalte Schulter. Das früher freundschaftliche Klima vergiftet sich immer mehr.

Die Gewandmeisterin versteht es bestens, dem Direktor zu schmeicheln. Und Anna beobachtet vom Fenster aus, dass die Gewandmeisterin immer öfters über die Straße ins Direktionsgebäude läuft.

Schließlich erhält sie die Stelle als Leiterin der Kostümabteilung.

Der Direktor erklärt Anna, dass er sie künstlerisch sehr schätze, wirklich, sie kreiere immer hervorragende Kostümbilder, aber leider verstehe sie sich ja nicht mit der neuen Leiterin und als Assistentin der Abteilung möchte man lieber eine neue, junge Kraft – die weitaus weniger als Anna zu bezahlen ist, was er freilich verschweigt –, als Künstler könne niemand immer am gleichen Haus bleiben, es brauche immer wieder eine Erneuerung, deshalb sehe er sich gezwungen, den Arbeitsvertrag mit ihr aufzulösen. Für die kommende Spielzeit bietet er ihr das Kostümbild für zwei Stücke als freie Mitarbeiterin an.

Anna war fünfzehn Jahre am Stadttheater Bern unter vier verschiedenen Direktoren tätig gewesen.

Gerade bei Letzterem hatte sie sich gefreut, dass er gewählt worden war. Er war vorher schon mehrmals als Gastregisseur engagiert gewesen. Nach den Proben unterhielt er die in der Kneipe am gleichen Tisch sitzenden Kolleginnen und Kollegen mit Anekdoten aus verschiedenen Theatern, während er oft gleich zweimal hintereinander den Tagesteller verzehrte, wobei dieser durchaus nicht knapp bemessen war. Dem Anschein nach witzig und liebenswürdig, wurde er von allen geschätzt.

Umso größer jetzt Annas Enttäuschung.

Rollt. Rollt. Mein rotblauer Ball. Rollt. Das ist mein Ball!

Am Anfang rührt Anna im Haushalt kaum einen Finger, nicht mehr als vorher, als sie am Stadttheater arbeitete. Max, der neben seiner Schriftstellerei zwei Teilzeitstellen angenommen hat, versteht sie, sagt nichts.

Später will Anna immer mehr den Haushalt übernehmen. Sie finde doch keine Stelle mehr. Für das Kochen und Einkaufen ist Max jedoch immer noch zuständig.

84

«A-a-a-aufsicht!», brüllt Klingel, stellvertretender Oberaufseher im Kunstmuseum, durch die Treppenhalle des Neubaus.

«Was ist denn jetzt passiert?», fragt sich Max, der in dieser Abteilung Dienst hat. «Wieso benützt er nicht unser Funkgerät?» Und Max eilt durch die Säle nach vorne.

Klingel, ein kleiner, älterer Mann in einem Anzug, den man früher als Sonntagsstaat bezeichnet hätte und es vor Zeiten wohl auch gewesen war, Klingel steht mit hochrotem Kopf da.

«Was fällt Ihnen eigentlich ein! Wie kommen Sie dazu, eine alte Dame wegen ihrer Handtasche zurück zur Garderobe zu schicken! Eine sehr gute Besucherin von uns! Etwas mehr gesunden Menschenverstand! Im Kopf muss man es haben!»

Max, der seit vierzehn Tagen im Kunstmuseum arbeitet, ist sprachlos. Er hatte vom Oberaufseher die strikte Anweisung bekommen, niemanden mit einer größeren Handtasche in die Ausstellungsräume zu lassen. Zudem ist es den Aufsichten untersagt, miteinander zu sprechen, falls notwendig, dann nur leise. Und dieser Klingel brüllt durch das ganze Haus.

Als Max nach Dienstschluss beim Eingang an Klingel vorbeigeht, verabschiedet dieser ihn stinkfreundlich. Max tut, als würde er Klingel nicht sehen.

Am nächsten Tag bietet Klingel ihm eine Kaffeepause an, er werde unterdessen für Max die Aufsicht übernehmen.

Später macht er sich erneut an Max heran und erzählt, er sei schon kurze Zeit nachdem er im Museum angefangen habe an den Eingang beordert worden, zum Empfang der Besucher. Die Museumsleitung hätte halt gleich gemerkt, dass er was da oben im Kopf habe. Und Klingel bläst die Luft geräuschvoll aus den Nasenlöchern. Vielleicht würden sie Max später ja auch mal an den Eingang stellen, fügt er gönnerhaft hinzu.

Der könne ihn mal, denkt Max, er jedenfalls hätte keine Lust, die ganze Zeit nur am Eingang zu stehen.

Wenn der Direktor, ein Mitglied des Stiftungsrates oder eine stadtbekannte Persönlichkeit das Museum betritt, grüßt Klingel mit übertriebener Höflichkeit und verneigt sich zuweilen sogar. Wie ein Diener in einem vergangenen Jahrhundert, geht es Max durch den Kopf.

In der Freizeit ist Klingel Heilsarmeesoldat und spielt in der Weihnachtszeit bei der Topfkollekte Posaune. Bei den kommenden Wahlen für das Stadtparlament kandidiert er auf der Liste einer christlichen Rechtsaußenpartei.

Zum Glück geht Klingel bald in Pension. Er wäre gerne noch länger geblieben, doch die Direktion legt trotz seiner Bücklinge keinen Wert darauf.

Es gibt Besucherinnen und Besucher, die pikiert reagieren, wenn sie darauf hingewiesen werden, die Bilder nicht zu berühren.

«Ich habe es gar nicht berührt!»

«Ich bin selber Künstlerin und darf das.»

Es gibt Besucherinnen und Besucher, die lassen an einem Sonntagnachmittag ihre kleinen Kinder durch die Ausstellungsräume tollen. Zurechtgewiesen, reagieren meistens die Väter, die ihre elterliche Autorität von der Aufsicht in Frage gestellt sehen, pikiert.

Und es gibt Besucher, die Max wohlwollend die Hand auf die Schulter legen. Diese Anbiederung schätzt Max besonders und er hat Mühe, freundlich zu bleiben. Zum Glück passiert dies alles jedoch eher selten.

85

Seine zweite Teilzeitstelle hat Max als Kulturanimator in der Villa Stucki. Er schleppt Tische, stapelt Stühle, schleppt Bühnenelemente vom Klo in den Saal und zurück ins Klo – ach, wenn doch alle Bühnen und Podien im Klo untergebracht werden könnten, die Welt würde anders aussehen, denkt Max. Er lobt Künstlerinnen, beglückwünscht Kulturschaffende – selbstverständlich nur diejenigen, die bei ihm auftreten. Er stellt sie ins beste Licht, er rollt Kabel, er beleuchtet. Er stellt das Programm zusammen, er engagiert. Schreibt Artikel, Flugblätter, Inserate, hängt die Plakate in der Stadt auf. Er begrüßt das Publikum, kündigt die Veranstaltung an. Er ist der Hüter der Saaltür. Er ist der Mann mit dem Hut, der den «Kulturliber» einzieht, wie Max den vom Publikum selbst bestimmten Eintritts- oder besser gesagt Austrittspreis nennt, da er ihn erst beim Ausgang einzieht. Sein armer Strohhut; bald schon wird er ihn ersetzen müssen.

21. März, Frühlingsanfang, Freitagabend, also «Kultur im Quartier» in der Villa Stucki. Los Encuentros y Martina singen und spielen südamerikanische Lieder. Der Saal ist zum Bersten voll, Max lässt die Fenster wegen der Hitze einen Spalt breit offen.

Nach zwei Zugaben ist das Konzert endgültig zu Ende, es ist ein Viertel nach zehn. Wie immer stellt er sich bei der Tür hin, um mit dem Strohhut den «Kulturliber» einzuziehen. Eine Polizistin und ein Polizist in Uniform kommen vom Treppenhaus her auf ihn zu, ob er der Verantwortliche sei, es sei eine Anzeige wegen Nachtruhestörung eingegangen. Immerhin haben sie die Freundlichkeit und lassen ihn in Ruhe das Geld einsammeln, sie ziehen sich sogar zur Treppe zurück.

Max fordert sie auf, mit ihm ins Büro zu kommen. Auf dem Weg dorthin kann er es sich nicht verkneifen, zu einem Besucher, den er kennt, zu sagen, da sehe er, welchen Erfolg sie heute Abend gehabt hätten, er hätte sogar Polizeischutz bekommen, um das Geld sicher ins Büro zu tragen, was die Polizistin mit einem Lächeln quittiert.

Eine Anzeige wegen Nachtruhestörung, die Nachbarin der Villa beharre darauf. Zum Glück hat die Polizei Zeit gehabt, sofort einzugreifen, diese Zeit fehle ja manchmal, wenn in der Altstadt auf der Gasse eine Frau von einem Mann zusammengeschlagen werde, wie Max von einem älteren Besucher des Konzertes, der bei jenem Vorfall die Polizei alarmiert hatte, berichtet wird. Die Polizei sei nicht gekommen. Vielleicht seien die Schreie der Frau zu wenig laut gewesen.

Beim nun gebüßten Musiklärm geht es zwar keineswegs um ein wildes Getöse, sondern um südamerikanische Volksmusik. Und immerhin hat die Polizei festgestellt, wie aus dem

Protokoll ersichtlich. dass es sich um einen Kulturabend handelte.

Mitte Mai, nicht ganz zwei Monate nach diesem Abend, fährt ein Polizeiauto bei Max zu Hause vor, ein Polizist sucht einen bestimmten Briefkasten, wirft einen Umschlag hinein. Es ist der Briefkasten von Max. Datiert ist die Bußenverfügung mit 14. April. Max denkt, dass selbst die Schneckenpost mit Umleitung über Amerika etwas schneller gewesen wäre und wahrscheinlich auch billiger. Natürlich sind sie nicht mit Sirenen vorgefahren, so eilig ist es ja nicht. Trotzdem haben sie vielleicht einer Nachbarin oder auch einem Nachbar eine kleine Freude bereiten können. Gibt es doch nichts Erbaulicheres als die Polizei bei denen gegenüber. Das kitzelt so angenehm.

86

Es kommt vor, dass Max nach Mitternacht allein in der Villa Stucki ist, weil er noch etwas zu erledigen hat. Er liebt diese Stunden. Das alte Haus ist in eine völlig veränderte Atmosphäre getaucht, vor allem, wenn überall das Licht gelöscht worden ist. Unheimlich und faszinierend.

Und vielleicht ist er gar nicht allein. Irgendwo ein Knacken, ein Raunen und Wispern. Plötzlich leuchtet der Lift auf, setzt sich mit einem Ruck in Bewegung und fährt vom ersten Stock in den Keller hinunter. Das Licht erlöscht. Stille.

Natürlich gibt es dafür eine einfache Erklärung. Interessanter für weniger nüchterne Geister – Max denkt dabei nicht an beschwipste Gespenster, sondern an geistreiche Geister – interessanter ist sicher dies: Im zwanzigsten Jahrhundert wechselte die Villa dreimal den Besitzer. Zunächst ging sie an einen Medizinprofessor über. Er soll in einem Raum unterhalb der Bibliothek Leichen seziert und auch Experimente angestellt haben. Wieso er dies im Keller tat, ist Max nicht bekannt. Vielleicht weil damals solches Tun und Schaffen oben im Haus nicht schicklich war, oder weil man halt die Leichen im Keller hat. Jedenfalls soll sich im Boden der Bibliothek eine Falltür befunden haben.

Das Dienstmädchen soll jeweils die jungen Frauen, die den Medizinprofessor besuchten, in die Bibliothek geführt haben; Studentinnen, die einen Rat suchten und danach nie wieder gesehen wurden.

Zu bedenken gilt aber, dass damals kaum Frauen Medizin studierten, weil dies auch nicht schicklich war.

Wer also waren diese Besucherinnen und was wollten sie von dem Herrn Professor?

Natürlich sind das alles nur wilde Gerüchte, handelt es sich doch um eine Villa der gehobenen Wohnkultur des Bildungsbürgertums im späten neunzehnten Jahrhundert. Die Grosszügigkeit der Räume, massiver und imitierter Marmor, die Vertäfelung, die Stuckarbeiten, die edlen und veredelten Hölzer, die beeindruckende Haupttreppe im Innern seien Ausdruck des gepflegten Luxus, mit dem zu jener Zeit gesellschaftliche Vormachtstellung dokumentiert wurde, ist über «Das Haus und seine Geschichte» nachzulesen. Trotzdem ist nicht auszuschließen, dass sich in der heutigen Holzwerkstatt eine einfache Knochenwerkstatt befand, ein Medizinprofessor muss schließlich Knochen flicken können. Und Max erledigt ja auch einen großen Teil seiner Arbeit als Kulturanimator in der Villa Stucki bei sich zu Hause, und dies in kleinstem Kämmerlein. Natürlich lagert er da nicht gerade Leichen, hofft es wenigstens nicht, aber immerhin eine nicht unbeachtliche Zahl von Dossiers und mehrere Ordner.

87

In der Nähe von Bern ereignete sich ein Aufsehen erregender Mord. Eine Schülerin wurde während eines Spaziergangs mit ihrem Hund von einem Mann auf Hafturlaub wahllos erschossen. Mehrere Leserbriefschreiber meinten nun, feststellen zu müssen, dass dies die Schuld der Linken und Netten sei, wehrten sich dabei aber vor allem gegen ein verschärftes Waffengesetz, einer fragte, was wir von den Linken und Netten in den nächsten Jahren noch alles zu erwarten hätten. Unterzeichnet mit dem vollen Namen von Max.

Ein Schriftstellerkollege sprach ihn darauf an. Natürlich habe er keinen Augenblick daran gedacht, dass Max der Leserbriefschreiber sei, vielleicht sollte er es aber trotzdem richtig stellen, da ihn in Bern ja einige Leute kennen würden.

Max folgte seinem Rat. Zwei Tage nach Erscheinen seiner Richtigstellung in der Zeitung erhält er zwei Briefe.

«Wie wir von Ihren Nachbarn erfahren haben, leben Sie vor allem von Ihrer Frau.»

Die Nachbarinnen beobachteten Max wahrscheinlich beim Wäschehängen und machten sich so ihre Gedanken.

«Auch seien Sie nicht einmal imstande, den Genitiv richtig anzuwenden. Bald jeder, der eine Schreibmaschine besitzt, nennt sich heute Schriftsteller ...»

«Wie uns ein bekannter Redaktor der Berner Zeitung versicherte, hätte er überhaupt noch nie etwas von Ihnen gelesen und der Mann ist nun doch wirklich auf dem Laufenden, was aktuelle zeitgenössische Literatur betrifft.»

Kurz zuvor hatte die Berner Zeitung während mehreren Wochen einen Roman von Max abgedruckt.

«Wir staunen über die Fassung, mit der Ihre leidgeprüfte Frau täglich Ihre Gegenwart erträgt.»

Beide Briefe sind zwar unterzeichnet, aber ohne Adresse, und ihre Namen finden sich dutzendweise im Telefonbuch: «Frau L. Mischler, Bern», «Frau Dr. J. Mühlemann Mesmer, Berlin, zurzeit auf Heimaturlaub in Bern und von einer Ihrer allernächsten Nachbarinnen schmunzelnd ins Bild gesetzt.»

Es regnet. Eine alte Frau steht gebückt im Hof, einen zusammengeklappten Regenschirm unter den Arm geklemmt. Mit einer Kinderschaufel kratzt sie Katzendreck aus dem Kies und leert ihn in einen leeren Blumentopf.

88

Die CD spielt «Aus der Neuen Welt». Anna geht am Arm von Max. Unsicher. Schwankend. Droht seitlich zu kippen.

Anna schläft. Max sitzt an seinem Schreibtisch am Fenster zum Hof. Eine junge Frau liegt auf ihrem Balkon. Sie trägt nur einen Bikini und eine Sonnenbrille. Nebenan sitzt ein Paar mittleren Alters. Der Mann mit nacktem Oberkörper. Der Bauch quillt über die kurze Hose. Die Frau ist auch nicht schlanker. Eine Flasche Weißwein und ein Glas stehen vor ihr auf dem Tisch. Er trinkt sein Bier aus der Flasche. Eine Trennwand nimmt ihm den Einblick auf den Balkon der jungen Frau im Bikini, die jetzt – scheinbar – schläft.

Zwei Stockwerke höher stehen zwei alte, verschrumpelte Frauen am Geländer, beide eine Wollmütze auf dem Kopf. Sie werfen einen kurzen Blick hinunter – schauen zum Himmel auf. Ein Mauersegler zieht seine Kreise.

«Mit Anna alt werden. Hast du dir so gedacht!», geht es Max durch den Kopf. «Von mir aus auch mit Wollmützen auf dem Kopf, während andere mit nacktem Oberkörper und junge Frauen im Bikini, mit dessen Stoff äußerst sparsam umgegangen worden ist.»

Aber es ist der letzte Sommer mit Anna. Das weiß er. Und es ist kein Sommer, wie all die Sommer vorher. Das Leben wenigstens bis zum Schluss noch gemeinsam ausschöpfen, erweist sich als eine Illusion, der er am Anfang von Annas Krankheit nachgehangen war.

Der Mauersegler zieht weiter seine Kreise über dem Hof. Die junge Frau im Bikini liest wieder.

89

Der kleine schwarze Hund der alten Frau muss gestorben sein.

Sie wohnt im ersten Stock des zweiten Reihenhauses auf der linken Längsseite des Hofes.

Max hat den kleinen Hund schon seit einiger Zeit nicht mehr gesehen. Die alte Frau nahm ihn jeweils mit, wenn sie in ihrem schmalen Garten irgendeine Arbeit verrichtete.

Sobald der kleine Hund eine Katze erblickte, fing er wie wild zu bellen an, selbst wenn die Katze in einem anderen Garten war. Die alte Frau, die Lippen zusammengekniffen, verschränkte die Arme vor der Brust und ließ ihn gewähren. Zuweilen, wenn sie sich unbeobachtet glaubte, hob sie einen Kieselstein auf und warf ihn nach der Katze.

Doch seit einiger Zeit kommt sie alleine in den Garten. Und dann, eines Tages, trägt sie eine große, schwarzweiße Plüschkatze auf dem Arm. Sie legt sie während ihrer Gartenarbeit auf den Boden.

Seither, wenn Max sie auf ihrem Balkon an der Sonne sitzen sieht, hat sie zu ihren Füßen immer die Plüschkatze auf dem Kissen, worauf früher jeweils der kleine schwarze Hund lag. Und jedes Mal, wenn sie in den Garten geht, nimmt sie die Katze aus Plüsch mit.

90

Anna konnte ein paar Tage vor ihrem Tod nicht mehr sprechen, kaum noch essen und trinken.

Seit drei Monaten musste Max ihr das Essen einlöffeln. Sie sperrte den Mund auf, wie ein Vögelchen den Schnabel. Jetzt kann sie kaum noch schlucken.

Der Hausarzt meint, nach ärztlicher Sicht wäre der Zeitpunkt gekommen, das Cortison abzusetzen. Sie hatten früher darüber gesprochen, dass sie am Schluss, um Annas Sterben nicht hinauszuziehen, das Cortison absetzen würden. Das würde heißen, dass Anna innerhalb von vierundzwanzig Stunden ins Koma fiele, drei Tage später wäre sie tot. Dies bestätigte ein Neurologe des Inselspitals auf die telefonische Nachfrage des Hausarztes.

Max ist aufgewühlt, weint. Der Hausarzt schlägt vor, mit einem Entscheid bis am Abend zuzuwarten.

Am Abend sagt ihm der Hausarzt am Telefon, ein Entscheid sei wirklich sehr schwierig, für beide, aber sie wüssten ja, was Anna gewünscht habe, trotzdem sei es sehr schwierig. Er habe es sich am Nachmittag lange überlegt, er würde vorschlagen, das Cortison erst abzusetzen, wenn Anna es nicht mehr schlucken könne, sie es ihr also künstlich verabreichen müssten. Max ist einverstanden.

Hörner und Trompeten schmettern das machtvolle Thema der «Neuen Welt». Wirbelnd reißt ein Triolen Rhythmus unwiderstehlich mit.
Leise stimmt die Klarinette eine böhmische Weise an.

91

«Sind Sie lebensmüde!», schreit der Polizist. Ich fahre mit dem Rad in verbotener Fahrtrichtung durch die Einbahnstraße. Na!
«Sind Sie lebensmüde!»
«Ich geh nur schnell in der Bäckerei Schrippen holen», rufe ich und fahre schnell-schnell weiter. Das mache ich jeden Morgen, während Max noch faul im Bett liegt. Die Bäckerei liegt eben verkehrt rum. Dafür liegt unsere Wohnung auf dem Rückweg richtig. Na also.
Wir haben in Berlin für einen Monat eine Wohnung gemietet. Fahren mit dem Rad von West nach Ost und von Ost nach West, fahren unzählige Male über die ehemalige Grenze. Berlin ist jetzt eine große Baustelle. Unsere Wohnung liegt in der Nähe des Bahnhofs Friedrichstraße, Grenzbahnhof während der Zeit der DDR. Im Erdgeschoss, wo sich die Pass-

kontrollstelle befand, ist jetzt ein Supermarkt untergebracht. Getränke, Konserven, Tiefkühlkost.

«Sind Sie lebensmüde!»

92

Max schreckt hoch. Anna hat im Schlaf seinen Namen gerufen. «Max!» Noch immer tönt es in seinen Ohren. «Max!» Ein Hilfeschrei.

Max streichelt ihre Wangen, ihre Schläfen, flüstert ihr beruhigend zu. Doch er weiß, er wird sie nicht retten, nicht an Land ziehen – nicht an Land ziehen können.

Stapft durch den Schnee. Mondsargträger auf dem hohen Seil. Auf dem Weg ins Nirgendwo.

Mit Annas Tod fühlt Max sich zwanzig Jahre älter und gleichzeitig dreißig Jahre jünger. Zurückgeworfen. Zurück an den Anfang, wie beim Spiel «Mensch ärgere dich nicht». Wo doch alles so schön ruhig sein könnte.

Der Zahnarzt fühlt Max auf den Zahn. Mit bloßen Fingern. Es sei alles in Ordnung. Man müsse es nur zurechtbiegen. Und er drückt ihm mit dem Finger gegen einen oberen Backenzahn, drückt damit den ganzen Kopf nach oben. Fertig. Er habe keine Zeit mehr. Ein neuer Patient warte.

Max spürt Blut in seinem Mund.

Neben dem Behandlungsstuhl, der eher einem alten Friseurstuhl gleicht, hat es nicht, wie üblich, ein Speibecken, dafür an der Wand im düsteren Raum einen großen alten Ausguss aus Stein, Sprünge darin.

Max eilt hin, spuckt den Ausguss mit Blut voll.

Noch Tage später denkt er an diesen Traum.

93

Das zarte Grün der Buchenblätter. Blühende Kirschbäume. Ich radle mit Max auf kleinen Straßen durch den Jura. In einem Dorf bieten Frauen am Straßenrand Maiglöckchen an. In ganz Frankreich werden am Ersten Mai von der Arbeiterbewegung Maiglöckchen verkauft. Max nimmt welche und schenkt sie mir. Er will dafür einen Kuss. Er hätte auch so einen gekriegt.

Ich binde die Maiglöckchen an die Lenkstange.

Die Wiesen voll hoher Blumen. Das Rad rollt von ganz allein. Vielen Dank, Wind! Wind im Rücken. Sanfter Wind. Manchmal ist er auch weniger sanft. Kommt von vorne und ungestüm. Na! Wenn es ihm Spaß macht. Muss ich wenigstens kaum bremsen, wenn ein Hindernis auftaucht. Im Gegensatz zu manch anderem habe ich ihn zwar lieber im Rücken. Und sanft. Aber wer schon behauptet das Gegenteil?

Wolken, die sich hoch auftürmen, Wolkenungetüme, Wolkenkobolde, die am Himmel vorbeiziehen …

Ich mache ihnen die lange Nase. Wozu habe ich einen Regenschutz. Na! Und der Duft der Sträucher nach dem Regen.

«Was gibt es Schöneres, als mit einem rosa Wölkchen ins Bett zu gehen?», sagt Max.

«Aber wenn du mitten drin steckst …».

«Das ist jetzt obszön», weise ich ihn zurecht.

«Wenn du mitten drin steckst, ist alles nur grau. Und rosa Wölkchen am Morgen … Morgenrot des Tages Tod, sagt man.»

So ein Schlawiner.

Wolken, die sich hoch auftürmen, Wolken, die vorbeiziehen. Frühling, Sommer. Leuchtende Farben im Herbst, das Laub raschelt unter den Füßen. Der erste Schnee. Wir laufen hinaus, bewerfen uns mit Schneebällen. Lautloses Treiben der Schneeflocken vor dem Fenster. Mimi stirbt. Papiertaschentücher werden verteilt. Es schneit. Puccini läuft mit Tosca und Madame Butterfly Schlittschuh. Max landet öfters auf dem Hintern. Der lernt das auch noch.

Zwei alte Frauen, beide eine Wollmütze auf dem Kopf.

94

Keine Spur mehr vor ihm. Nur die weiße Decke.

Im letzten Monat bekam Anna Morphium in Tröpfchenform. Max tröpfelte es ihr auf ein Stück Würfelzucker. Die Apothekerin hatte ihn bestürzt angeschaut, als er das Arztrezept gebracht hatte.

«Ist es jetzt so weit!» Mehr hatte sie nicht gesagt.

Max muss Anna immer mehr Tröpfchen geben. Und sie wirken nicht sofort, erst nach einer halben Stunde. Er muss also darauf achten, sie ihr rechtzeitig zu geben, was aber am Morgen beim Aufwachen nicht möglich ist.

Zum Glück bekommt Anna dann ein Morphiumpflaster, das die Dosis gleichmäßig über zwei Tage verteilt. Die Dosis ist aber immer noch nicht sehr stark, sie könnten also steigern. Anna ist überhaupt nicht versenkt, sondern noch voll da. Max ist überzeugt, dass sie alles miterlebt, was um sie herum geschieht und versteht, was er ihr sagt, wenn sie auch seit ein paar Tagen nicht mehr sprechen kann.

Annas Atem geht rasselnd, setzt für dreißig bis vierzig Sekunden aus, fünf bis sieben rasselnde Atemstöße – und setzt wieder aus.

Der Hausarzt meint, es sei durch den Tumor bedingt, dass Anna darunter nicht leide. Trotzdem schaut Max immer wieder voller Angst und Schrecken auf die Uhr.

Endlich bringt Max es über sich, Anna zu sagen, wenn sie jetzt gehen möchte, könne sie gehen. Er fügt hinzu, sie müsse keine Angst haben, sie würden bis zum Schluss zusammen sein.

Annas Atem geht rasselnd. Bis vor einer Woche ist Max noch mit Anna im Rollstuhl spazieren gegangen. Dem Fluss entlang.

Im Schnee die Spuren eines Tieres.

Anna atmet jetzt ganz fein.

Max stapft durch den Schnee. In der Luft die Klänge der Oboe d'Amore. Nur für Max hörbar. Erinnerung, Traum. Vergangene Sommernacht. Der Mond. Sternschnuppen sausen durch die Nacht. Die Oboe d'Amore verstummt. Doch leise, erst kaum wahrnehmbar, übernimmt die Glasharfe die Melodie.

Auslaufende Wellen. Leises Rauschen.

Rollt. Rollt. Der rotblaue Ball. Oma hat ein Schwein. «Schweinchen, wir werden dich fressen. Keine Angst, tut nicht weh. Sagt die Oma.»

Wir sitzen auf dem Balkon vor dem Hotelzimmer in Cassis. «Hotel Liétaud». Oder «Le Golfe». Wir schauen hinaus aufs Meer. Die Wellen. Schauen zum Felsen, der rot in der Abendsonne leuchtet. Cap Canaille, die höchste maritime Steilküste Europas. Wie viele Wanderungen haben wir nicht von Cassis aus in die Calanques unternommen. Durch Felsencouloirs. Hinauf und hinunter. Beim ersten Mal noch ein mulmiges Gefühl im Magen. Immer wieder über die bizarren Felsformationen gestaunt. Felsnadeln, Fratzen, aufgesperrte Mäuler, Kobolde, Kerzen, Finger, sogar «Le doigt de Dieu», der «Finger Gottes», Löcher und Schlitze hat es auch. Selbst ein pfeifendes Loch. Wellenrauschen, Möwengeschrei, Felsengeflüster, Geröllgeknirsch. Sonne, Wind, nebelnde Wolken. Jetzt sitzen wir auf dem Balkon vor dem Hotelzimmer. Sitzen einfach da. Wir müssen nicht mehr gehen, mein Liebling. Keinen Schritt. Müssen nicht sprechen. Sitzen einfach da.

Lass uns träumen. Du in der Luft. Ich mit den Füßen noch auf dem Boden. Wie auch immer. Die Sonne geht auf, oder versteckt sich hinter den Wolken. Und der Mond geht auf, oder versteckt sich hinter den Wolken. Ohne unser Zutun.

Nein, wir sind nicht mehr nach Cassis gefahren.

Also lass uns träumen.

Die Asche wirbelt hoch. Dringt in Nase und Mund. Tief unten der Grenzfluss. Die Abendsonne scheint schräg durch einen Wolkenschleier. Es ist Ende September.

***

Weitere Titel dieses Autors

«Die Gletscher ziehen sich zurück
und wachsen in der Brust der Menschen.»

Markus Michel

Die im Gletscher singen
Roman

Edition Königstuhl, 2021
Bilder Umschlag und Inhalt: Huguette Chauveau
ISBN 978-3-907339-06-0
Ebenfalls als e-Book erhältlich

Nur noch der alte Hausbursche Robert wohnt in seiner Dachkammer im Gletscher-Hotel Palace. Die vornehmen Herrschaften kommen nicht mehr. Es könnte ja trotzdem sein, dass man jeden Augenblick nach ihm klingelt. Mit einem Koffer voll Fundgegenständen schmückt er einen umgedrehten Besen, der immer mehr zu einem seltsamen Wesen wird. Robert erzählt dabei mit Humor und einer Prise Ironie aus dem Leben des Hoteldirektors als ehemaliger Seifensieder und Kerzenzieher, seinem eigenen Leben, von Träumen und Alpträumen, den Hotelgästen, seinen Arbeitskollegen und den Bewohnern des Dorfes, erzählt, wie der Gletscher auf recht seltsame Weise zum Privatgrundstück des Hoteliers wurde, wobei die Gletschergrotte, als Touristenattraktion eine «Goldgrube», zum Streit mit den Bauern der Umgebung führte. Doch selbst diese «Goldgrube» vermochte den Niedergang des Hotels nicht aufzuhalten.

«Markus Michel schreibt mit seinem neuen Roman einen Abgesang auf das Gewinnstreben, auf Raffgier und Eitelkeit, auf die Ungerechtigkeit in hierarchisch orientierten Gesellschaften. Aber sein Buch ist noch weit mehr als eine Sozialanalyse, nämlich ein verblüffendes Sprachkunstwerk.»
Beatrice Eichmann-Leutenegger, Der Bund

«Ein literarisch reifes Werk.» *Fredi Lerch, Journal B*

Markus Michel

Endstation Alpenparadies
Roman

Münster Verlag Basel, 2019
Titelbild: Huguette Chauveau
ISBN 978-3-907146-24-8
Ebenfalls als e-Book erhältlich

Max Berger, ein älterer Auslandschweizer, langjähriger Buchhalter in Paris, hört in der Metro, wie zwei Frauen von einem Alpenparadies Dolce Vita in der Schweiz erzählen, wo das Problem der Überalterung der Gesellschaft final gelöst werden soll. Selbst nahe der Altersgrenze zur Pensionierung, redet er sich ein, dass es sich nur um Gerüchte handeln könne. Doch die Gerüchte verdichten sich zur bedrohlichen Wirklichkeit und sein Alltag wird immer mehr zum Alptraum.

«Markus Michel zeichnet dieses Schlingern zwischen Alptraum und Wirklichkeit auf unheimliche Weise nach. Die 85 Kurzkapitel, im bedrängend unmittelbaren Präsens geschrieben, erzeugen mit ihrem Staccato-Rhythmus eine flackernde Unruhe … Dieses Buch wirkt über den Tag hinaus.»
Beatrice Eichmann-Leutenegger, Der Bund

Markus Michel

Festtage
und andere Katastrophen
Erzählungen

Offizin Verlag / Münster Verlag Basel, 2016
Titelbild: Huguette Chauveau
ISBN 978-3-907146-36-1

Geboren und aufgewachsen in Liebefeld bei Bern, sollte Markus Michel eigentlich für Liebesgeschichten prädestiniert sein. Die 9 Erzählungen kreisen denn auch im engeren und weiteren Sinn um die Liebe, jedoch nicht wie erwartet. Verschiedene Feste spielen dabei immer wieder eine Rolle, sind Auslöser für Verwirrung, Boshaftigkeiten, Verzweiflung, lassen den Wunsch entstehen, man sollte Festtage verbieten oder führen schlicht zur Katastrophe.
Erzählt werden traurige und gleichzeitig humorvolle Geschichten von Aussenseitern, Träumern, skurrilen und scheinbar ganz normalen Menschen in Bern, Paris, zwei Dörfern in Nordfrankreich sowie in den Schweizer Alpen.

«Eine junge Frau stand beim Absperrband, die Augen weit aufgerissen. Sie sagte kein Wort. Nur die Nasenflügel zitterten. Etwas weiter drüben stand noch eine Frau, um etliches älter. Auch sie starrte nur gerade aus, ihr Gesicht ebenfalls kreideweiss.»